Cuentos rusos

Títulos originales:
Tri voprosa, Karma, Kashtanka, Nalim,
Nos, Skazka o zolotom petushke, Krokodil

Derechos de esta edición en castellano reservados
para todo el mundo:

© 2024 Gadir Editorial, S.L.
www.gadireditorial.com

© de las traducciones:
Las tres preguntas: Patricia Gonzalo de Jesús
Karma, *Historia de una anguila, La nariz,*
El cocodrilo y La pequeña codorniz: Enrique Moya Carrión
Kashtanka: José Laín Entralgo
El cuento del gallo de oro: Olga Korovenko

© de la ilustración de cubierta: Esther Saura Múzquiz

Diseño: Gadir Editorial

Impreso en España — Printed in Spain
ISBN-978-84-127460-1-3
Depósito legal: M-13974-2024

Cuentos rusos

Tolstói, Chéjov, Gógol, Pushkin,
Dostoievski, Turguéniev

G A D I R

PRÓLOGO

Estos *Cuentos rusos* pretenden rendir un pequeño homenaje a seis de los más grandes autores de la literatura rusa y universal: Tolstói, Chéjov, Gógol, Pushkin, Dostoievski y Turguéniev. Esta pequeña selección servirá quizás a algunos lectores de introducción a estos autores, en otros casos permitirá acceder a textos poco conocidos de estos maestros.

Estos relatos tienen en común el haber sido publicados con éxito, en versiones ilustradas, en la colección de Gadir *El Bosque Viejo*, cuyo afán es acercar autores clásicos a los lectores más jóvenes. Son todos ellos pequeñas joyas, en todo caso, de interés para lectores de cualquier edad.

Las tres preguntas, de León Tolstói, es un relato deslumbrante en su intensidad, una pequeña muestra de las inquietudes filosóficas del autor. Es un relato muy sencillo, una parábola que casi parece extraída de la Biblia, aunque podría muy bien ser un texto budista.

Despliega en sus pocas páginas toda una filosofía vital: cómo vivir la vida con la intensidad que merece, el verdadero valor de cada momento, la importancia de quienes nos rodean. El segundo relato de Tolstói, *Karma*, señala el conocido interés del autor por la espiritualidad. Se trata de un cuento popular hindú del que Tolstói escribió una versión en ruso —a partir de una versión en inglés—. Refleja las creencias y el concepto sobre el bien y el mal de los budistas hindúes. Tolstói escribió al publicar el cuento: «Me ha gustado mucho este cuentecillo tanto por su ingenuidad como por su profundidad. Sorprende especialmente la exaltación de la certeza...de que el rechazo del mal y la aceptación del bien sólo se obtienen gracias al esfuerzo de uno mismo, de que no existe y no puede existir modo alguno de alcanzar el bien común o el del individuo salvo a través del esfuerzo personal. Esta exaltación se hace particularmente palpable al demostrar que lo que es bueno para una sola persona sólo es un verdadero bien cuando se convierte en un bien común... He leído el cuento a los chicos y les ha gustado. Después de la lectura entre los mayores han surgido recurrentes conversaciones sobre las más importantes cuestiones de la vida. Creo que es una muy buena recomendación».

De Antón Chéjov, uno de los mejores autores de cuentos de todos los tiempos, este volumen recoge *Kashtanka* e *Historia de una anguila*. Ambos reflejan la maestría de su autor como narrador breve: su sencillez y eficacia narrativa, su humor, su sensibilidad, su agudeza crítica y la ambigüedad de las situaciones, que a menudo permite hacer diversas lecturas de cada relato.

El protagonista de *La Nariz*, de Nikolái Gógol, descubre un buen día con gran preocupación que ha perdido su nariz, hasta que la encuentra casualmente por la calle, dotada de vida propia... El relato contiene elementos frecuentes en la obra de Gógol, en particular su humor disparatado y un tanto surrealista, que utiliza casi siempre con intención satírica para hacer una caricatura de la sociedad rusa de su tiempo. *El cuento del gallo de oro*, de Alexander Pushkin, tiene su origen en una leyenda folclórica rusa, y es una historia que no nos dejará indiferentes. *El cocodrilo*, de Dostoievski, es un genial relato humorístico, con un grado de surrealismo inusual en su autor, pero muy divertido y lleno de ironía. *La pequeña codorniz*, de Turgueniev, es un conmovedor relato sobre el amor a los animales lleno de sensibilidad.

LAS TRES PREGUNTAS

León Tolstói

Un zar pensó una vez que si siempre supiera en qué momento comenzar cada tarea; si además supiera qué personas hay que consultar y cuáles no; y, sobre todo, si siempre supiera cuál de todas las tareas es la más importante, entonces nunca se equivocaría al tomar decisiones.

En vista de esto, el zar anunció a lo largo y ancho de su reino que daría una gran recompensa a aquel que le respondiera a estas tres preguntas:

¿Cuál es el momento adecuado para cada tarea?

¿Qué personas son las más necesarias?

¿Cómo no equivocarse al decidir qué tarea es la más importante de todas?

El zar recibió entonces la visita de distintos sabios, que dieron diferentes respuestas a sus preguntas.

A la primera pregunta unos respondieron que, para saber cuál es el momento adecuado para cada tarea, hay que hacer de antemano un programa del día, del mes y del año, y actuar estrictamente de acuerdo con lo fijado. Solo entonces, decían, se hará cada tarea a su tiempo.

Otros dijeron que es imposible decidir por adelantado qué tarea hacer en cada momento y que uno no puede distraerse con entretenimientos vanos, sino que tiene que estar siempre atento a lo que ocurre y hacer lo que sea necesario.

Otros, por su parte, dijeron que, aun estando atento a lo que ocurre, es imposible que una sola persona pueda decidir siempre con seguridad qué hay que hacer y en qué momento hacerlo, y por eso es necesario contar con un consejo de hombres sabios y decidir según este consejo qué hacer en cada momento.

Otros, en fin, dijeron que existen tareas para las que no da tiempo de consultar a consejeros y hay que decidir inmediatamente si es el momento o no de empezar esa tarea. Pero esto solo lo pueden saber los adivinos. Por eso, para saber cuál es el momento adecuado para cada tarea hay que preguntar sobre el asunto a los adivinos.

A la segunda pregunta también contestaron de forma diferente. Unos dijeron que las personas más necesarias para el zar eran sus ministros; otros dijeron que las personas más necesarias para el zar eran los sacerdotes; otros, en cambio, que las personas más necesarias para el zar eran los médicos; y otros, por fin, que las personas más necesarias de todas para el zar eran los guerreros.

De forma también diferente respondieron a la tercera pregunta:

¿Qué tarea es la más importante?

Unos dijeron que la tarea más importante del mundo eran las ciencias; otros dijeron que la tarea más importante era el arte de la guerra; y los últimos dijeron que lo más importante de todo era el culto a Dios. Todas las respuestas eran diferentes, pero el zar no estaba de acuerdo con ninguna de ellas y por eso no dio la recompensa a nadie.

Para encontrar respuestas más fiables a sus preguntas decidió consultar a un ermitaño famoso por su sabiduría.

El ermitaño vivía en el bosque, nunca salía de allí y recibía solo a gente humilde. Por eso el zar se vistió con ropas sencillas y, antes de llegar con su guardia hasta la celda del ermitaño, se bajó del caballo y fue solo hacia su casa.

Cuando el zar llegó hasta él, el ermitaño estaba cavando en el huerto delante de su pequeña isba. Al ver al zar, lo saludó e inmediatamente se puso de nuevo a cavar. El ermitaño estaba flaco y débil, y al hundir la pala en el suelo y arrancar pequeños terrones de tierra, respiraba con dificultad. El zar se acercó a él y dijo:

—He venido a visitarte, sabio ermitaño, para pedirte que me des respuesta a tres preguntas:

¿Qué momento hay que recordar y no dejar pasar para no lamentarlo después?

¿Qué personas son las más necesarias, es decir, a cuáles prestar más atención y a cuáles menos?

¿Qué tareas son las más importantes y, por tanto, qué tarea hay que llevar a cabo antes que las demás?

El ermitaño escuchó todo lo que le dijo el zar, pero no respondió nada, sino que escupió en la mano y se puso de nuevo a escarbar la tierra.

—Estás muy fatigado —dijo el zar—, déjame la pala, trabajaré un rato en tu lugar.

—Gracias —dijo el ermitaño, y tras entregarle la pala, se sentó en el suelo.

Una vez hubo cavado dos hileras, el zar se detuvo y repitió sus preguntas. El ermitaño no respondió nada, sino que se levantó y alargó la mano hacia la pala:

—Ahora descansa tú; yo trabajaré —dijo.

Pero el zar no le dio la pala y continuó cavando. Pasó una hora, otra; el sol comenzó a ponerse tras los árboles y el zar clavó la pala en el suelo y dijo:

—He venido a verte, hombre sabio, para obtener respuesta a mis preguntas. Si no puedes responder, dímelo para que pueda volver a casa.

—Mira, alguien viene corriendo hacia acá —dijo el ermitaño—. Veamos quién es.

El zar se volvió y pudo ver un hombre con barba que venía corriendo del bosque. El hombre se sujetaba el vientre con las manos; de detrás de las manos le brotaba sangre. Cuando llegó hasta el zar, el hombre cayó al suelo, puso los ojos en blanco y dejó de moverse, gimiendo débilmente. El zar, con ayuda del ermitaño, desabrochó las ropas del hombre. Tenía en el vientre una gran herida. El zar, como pudo, se la lavó y la vendó con su pañuelo y un trapo del ermitaño. Pero la sangre no dejaba de salir; el zar le quitó varias veces el vendaje empapado de sangre caliente y lavó y vendó la herida de nuevo.

Cuando la sangre dejó de brotar , el herido volvió en sí y pidió que le dieran de beber.

El zar trajo agua fresca y dio de beber al herido. Entretanto el sol se había puesto y empezó a refrescar. El zar, con ayuda del ermitaño, trasladó al herido a la celda y lo dejó sobre la cama. Allí tumbado, el herido cerró los ojos y se quedó inmóvil. El zar estaba tan agotado por el viaje y el trabajo que se acurrucó en el umbral y, vencido por el sueño, se quedó dormido toda aquella corta noche de verano. Cuando despertó por la mañana, tardó un buen rato en comprender dónde estaba y quién era aquel extraño hombre con barba que estaba tumbado en la cama y le miraba fijamente con ojos brillantes.

—Perdóname —dijo el hombre con voz débil cuando vio que el zar se había despertado.

—No te conozco y no tengo nada que perdonarte —dijo el zar.

—Tú no me conoces pero yo a ti sí. Soy ese enemigo que juró vengarse por ajusticiar a mi hermano y arrebatarme mis propiedades. Sabía que habías ido tú solo a ver al ermitaño, así que decidí matarte a tu regreso. Pero pasó un día entero, y tú no aparecías por ninguna parte. Entonces salí de mi escondite para descubrir dónde estabas y me topé con tu guardia. Me reconocieron, se abalanzaron sobre mí y me hirieron. Yo huí de ellos. Sin embargo, perdía mucha sangre y habría muerto si no me hubieras vendado la herida. Yo quería matarte, y tú me has salvado la vida. Ahora, si sigo con vida y tú quieres, te serviré como el más fiel de tus esclavos y ordenaré a mis hijos que hagan lo mismo. Perdóname.

El zar se alegró mucho de que le hubiera resultado tan fácil reconciliarse con su enemigo, y no solo le perdonó, sino que prometió devolverle sus bienes y, además, enviarle a sus sirvientes y a su médico.

Tras despedirse del herido, el zar salió al porche, buscando con la mirada al ermitaño. Antes de marcharse, quería pedirle por última vez que contestara a las preguntas que le había hecho. El ermitaño estaba en el patio y plantaba semillas, arrastrándose de rodillas junto a los arriates que habían cavado el día anterior.

El zar se acercó a él y le dijo:

—Por última vez, hombre sabio, te pido que respondas a mis preguntas.

—Pero si ya se te ha contestado —dijo el ermitaño tras sentarse sobre sus delgadas pantorrillas y mirando desde abajo al zar, que estaba de pie ante él.

—¿Cómo se me ha contestado? —dijo el zar.

—¿Que cómo? —dijo el ermitaño—. Si ayer no te hubieras compadecido de mi debilidad, no habrías cavado por mí esos arriates, habrías regresado solo, ese joven te habría atacado y tú habrías lamentado no haberte quedado aquí conmigo. Es decir, el momento más adecuado para cavar era ese mismo; yo era la persona más importante, y la tarea más importante era hacer el bien conmigo.

«Después, cuando llegó corriendo aquel hombre, el momento más adecuado para atenderle era cuando te dirigiste a él, porque si no le hubieras vendado la herida, habría muerto sin reconciliarse contigo. Es decir, la persona más importante era él, y lo que hiciste por él era la tarea más importante.

«Así que recuerda que el momento más adecuado es solo uno, ahora, y es el más importante porque solo entonces somos dueños de nosotros mismos; la persona más importante es aquella con quien te encuentras ahora, porque nadie puede saber si podrá tratar con alguna otra persona; y la tarea más importante es hacer el bien, porque solo para eso ha sido enviado el hombre a esta vida.

KARMA

León Tolstói

El karma es una creencia budista que se sustenta en la convicción de que no solo la naturaleza y el carácter de cada persona, sino también su destino en esta vida es consecuencia de sus actos en una vida anterior y de que tanto lo bueno como lo malo de nuestra vida venidera dependen, igualmente, de los esfuerzos que hagamos en esta por dar de lado al mal y abrazar el bien.

NOTA DEL AUTOR

Pandu, un rico joyero de la casta de los brahmanes, viajaba con su sirviente a Benarés. Al alcanzar por el camino a un monje de venerable apariencia que iba en su misma dirección, pensó: «Este monje tiene un aspecto noble y de santidad. El trato con buenas personas proporciona felicidad; si también va a Benarés, le invitaré a que viaje conmigo en mi carroza». E, inclinándose ante el monje, le preguntó dónde se dirigía y al saber que el monje, cuyo nombre era Narada, también iba a Benarés, le invitó a subir a su carroza.

—Le agradezco su bondad —dijo el monje al brahmán—, tan largo viaje me tiene realmente agotado. Como carezco de propiedades, no puedo corresponderle con dinero, pero quizá esté en condiciones de ofrecerle cierto tesoro espiritual perteneciente al dios de la sabiduría que adquirí siguiendo las enseñanzas de Sakia Muni, el gran y venerado Buda, maestro de la humanidad.

Prosiguieron juntos el viaje en la carroza de modo que Pandu, durante el trayecto, fue escuchando gustosamente las instructivas sentencias de Narada. Transcurrida una hora, se aproximaron a un lugar donde el agua había arrasado ambos márgenes del camino y la carreta de un labrador, a la que se le había roto una rueda, obstruía el paso.

Devala, el propietario de la carreta, se dirigía a Benarés para vender su arroz y tenía prisa por llegar antes del próximo amanecer. Si llegara con el día, los compradores de arroz podrían haber abandonado ya la ciudad después de haber hecho acopio del arroz que necesitasen.

Cuando el joyero vio que no podría continuar su camino sin que apartasen la carreta del labrador, se encolerizó y ordenó a Magaduta, su esclavo, echarla a un lado del camino para que la carroza pudiese pasar. El labrador se opuso porque su carro estaba muy cerca del precipicio y cabía la posibilidad de que se despeñase si intentaban moverlo, pero el brahmán no quiso escuchar al labrador y mandó a su siervo empujar la carreta con todo el arroz. Cuando Pandu arrancó para proseguir su camino, el monje saltó de su carroza y dijo:

—Disculpe, señor, que le abandone. Le agradezco que, en honor a su bondad, me invitase a viajar una hora en su carroza. Estaba agotado cuando me ofreció un asiento pero ahora, gracias a su amabilidad, me siento completamente descansado. Al reconocer a este labrador como la reencarnación de uno de sus antepasados, no encuentro mejor modo de corresponderle por su bondad que ayudándole a él ahora en su desgracia.

El brahmán lanzó una mirada de sorpresa al monje.

—Dice usted que este labrador es la reencarnación de uno de mis antepasados. ¡Eso no puede ser!

—Comprendo—respondió el monje— que le sean desconocidas las complejas y trascendentales conexiones que le unen al destino de este labrador. No se puede esperar que el ciego vea y, por ello, como lamento enormemente que se lastime a sí mismo, voy a esforzarme en protegerle de las heridas que usted mismo se dispone a producirse.

El rico comerciante no estaba acostumbrado a escuchar reproches. Sintiendo que las palabras del monje, pese a ser pronunciadas con gran bondad, encerraban una dura recriminación, ordenó a su sirviente seguir inmediatamente adelante.

El monje saludó a Devala, el labrador, y comenzó a ayudarle en la reparación de su carreta y a recoger el arroz que había quedado esparcido. La cosa fue rápida y Devala pensó: «Este monje debe ser un hombre santo, parece que le asisten espíritus invisibles. Le preguntaré qué he hecho yo para merecer el cruel trato del orgulloso brahmán». Y dijo:

—Honorable señor, ¿podría decirme por qué he tenido que sufrir la injusticia de un hombre al que nunca he hecho nada malo?

Y el monje contestó:

—Querido amigo, usted no ha sufrido una injusticia, tan solo ha sufrido en su existencia presente las consecuencias de cuanto hizo pasar a este brahmán en una vida anterior. Y no me equivocaría al decir que, incluso ahora, usted le habría hecho al brahmán exactamente lo mismo que él le ha hecho si usted estuviese en su situación y tuviese un sirviente tan fuerte.

El labrador reconoció que, en caso de haber tenido el poder suficiente, no habría sentido arrepentimiento alguno al actuar, con un hombre que le estuviese obstruyendo su camino, del mismo modo que había actuado el brahmán con él.

Acomodaron el arroz en el carro pero, cuando el monje y el labrador estaban ya cerca de Benarés, el caballo brincó repentinamente hacia un lado.

—¡Una serpiente, una serpiente! —vociferó el labrador.

El monje, sin embargo, tras contemplar detenidamente el objeto que había asustado al caballo, descendió de la carreta y vio que se trataba de una bolsa llena de oro. «Nadie, salvo aquel rico joyero, ha podido perder esta bolsa» pensó y, agarrando la talega, se la entregó al labrador y le dijo:

—Coja esta bolsa y, cuando esté en Benarés, acérquese a la hospedería que le voy a indicar, pregunte por el brahmán Pandu y entréguesela. Él se disculpará ante usted por la rudeza de su comportamiento y usted le hará saber que le perdona y le deseará éxito en todas sus empresas porque, créame, cuanto mayores sean sus éxitos, mejor será para usted. Su destino depende enormemente de él. Si Pandu le reclamase una explicación, envíele al monasterio, donde siempre me encontrará en disposición de ayudarle con mi consejo, si consejo es lo que necesita.

Entretanto, Pandu había llegado ya a Benarés, donde se había encontrado con Malmeka, un rico banquero compañero de negocios.

—Estoy perdido —le dijo Malmeka—, y no tengo nada que hacer si no adquiero de inmediato un cargamento del mejor arroz para la cocina de palacio. Un banquero de Benarés con el que mantengo cierta rivalidad, al saber que yo había hecho un trato con la corte palaciega gracias al cual la abastecería hoy por la mañana con un suministro de arroz, y ansioso como está por conocer mi ruina, ha acaparado todo el arroz de Benarés. La corte imperial no me libera de mis obligaciones y mañana será mi ruina, a no ser que Krisna me envíe un ángel desde el cielo.

Al mismo tiempo que Malmeka se lamentaba por su infortunio, Pandu echó en falta su bolsa. Tras registrar su carroza y no encontrarla, comenzó a sospechar de su esclavo, Magaduta, por lo que llamó a las autoridades, le acusó y, tras ordenar que le ataran, le torturó cruelmente para arrancarle una confesión. El esclavo gritaba, sufriendo:

—¡No soy culpable, liberadme! ¡No soporto más estos suplicios! ¡No soy en absoluto culpable de este crimen y me hacéis padecer por los pecados de otros! ¡Oh, si pudiese alcanzar el perdón de aquel labrador al que tanto mal ocasioné por culpa de mi amo! ¡Estos martirios, sin duda, servirán de penitencia por mi crueldad!

Mientras las autoridades proseguían golpeando al esclavo, el labrador llegó a la hospedería y, con gran asombro de todos, entregó la bolsa de oro. Inmediatamente liberaron al esclavo de sus torturadores, pero este, disgustado como estaba con su amo, huyó y se unió a una pandilla de bandidos que habitaba en las montañas.

Cuando Malmeka escuchó que el labrador podía venderle arroz de la mejor calidad, digno de la mesa de un rey, sin dudarlo, le compró todo el cargamento por el triple de su precio mientras Pandu, regocijándose de corazón por la recuperación del dinero, partía presto hacia el monasterio para lograr del monje aquellas aclaraciones que le había prometido.

—Podría proporcionarle una explicación pero sabiendo que usted no está en condiciones de comprender la verdadera naturaleza del espíritu, prefiero guardar silencio. No obstante, le daré un consejo universal: trate a todas las personas que encuentre como a sí mismo, sírvalas tal y como desearía que le sirviesen a usted. De este modo, sembrará la semilla de las buenas acciones y su rica cosecha no le dará de lado.

—Oh, monje, déme esa explicación — dijo Pandu— y así me será más sencillo seguir su consejo.

Y dijo el monje:

—Escuche entonces, le voy a ofrecer la llave del misterio: aunque no lo asimile, crea cuanto le voy a decir. Es un error considerarse un ser aislado, y todo aquel que conduce su espíritu para saciar la voluntad de ese ser aislado persigue una luz falsa que le arrastrará al abismo del pecado. Y nos consideramos seres aislados porque Maya ciega con su velo nuestros ojos y nos impide ver la conexión indisoluble con nuestros semejantes, nos impide vislumbrar nuestra unión con las almas de los otros seres. Pocos conocen esta verdad. Que las palabras siguientes se conviertan en su talismán:

«Todo aquel que hiere a los demás, se hace el mal a sí mismo.

«Todo aquel que ayuda a los otros, se hace el bien a sí mismo.

«Deje de considerarse un ser aislado y encontrará el camino de la verdad.

«A aquel cuya visión ha ensombrecido Maya con su velo, la humanidad se le muestra dividida en infinitos sujetos. Y tal persona no puede comprender el significado del amor desinteresado hacia todo ser vivo».

Pandu respondió:

—Sus palabras, honorable señor, encierran un profundo significado y las recordaré. Obré bien con un pobre monje durante mi viaje a Benarés, algo que a mí no me supuso esfuerzo alguno, y he aquí sus benéficas consecuencias. Me siento en deuda con usted pues, en caso contrario, no solo habría perdido mi bolsa de oro, sino que no habría podido llevar a buen término en Benarés unos negocios que han acrecentado considerablemente mi fortuna. Además, sus atenciones y la llegada del cargamento de arroz también contribuyeron al bienestar de mi amigo Malmeka. ¡Si toda la gente conociese la verdadera naturaleza de sus preceptos, mucho mejor marcharía el mundo, el mal retrocedería y reinaría el bienestar entre todos los hombres! Desearía que la verdad de Buda fuese comprendida por todos y por este motivo quiero fundar un monasterio en mi tierra, Kolshambi, y le invito a visitarme para que yo pueda consagrar ese lugar a la hermandad de los discípulos de Buda.

Pasaron los años y el monasterio de Kolshambi fundado por Pandu se convirtió en lugar de reunión de los más sabios monjes y comenzó a ser conocido como centro de iluminación para el pueblo. Entretanto, el rey vecino, que había sabido de la belleza de las joyas que elaboraba Pandu, había enviado a su tesorero para encargarle una corona de oro puro adornada con las más ricas piedras preciosas de la India. Cuando Pandu hubo terminado el trabajo, inició su viaje a la capital de aquel rey, y como albergaba esperanzas de poder cerrar allí algún que otro negocio, llevó consigo una buena reserva de oro.

La caravana que transportaba sus propiedades estaba protegida por hombres armados pero, cuando esta penetró en las montañas, los bandidos, guiados por Magaduta, que se había convertido en su comandante, la atacaron, mataron a la guardia y se apoderaron de todas las piedras preciosas y del oro. Por poco no lo cuenta ni el propio Pandu. Aquel infortunio supuso un gran golpe para el bienestar de Pandu: su riqueza disminuyó considerablemente.

Aunque Pandu era muy orgulloso, padeció aquella adversidad en silencio. Él pensaba: «He sufrido esta pérdida por los pecados que cometí en mi vida anterior. Durante mi juventud fui cruel con el pueblo llano y, si ahora recojo los frutos de mis malos actos, no tengo derecho a lamentarme».

Puesto que había llegado a ser mucho más bondadoso con todos los seres, ahora las desdichas le servían como un medio para purificar su corazón.

De nuevo pasaron los años y sucedió que Pantaka, un joven monje discípulo de Narada, que viajaba por las montañas de Kolshambi, cayó en manos de los bandidos. Como no tenía posesión alguna, el jefe de los bandidos le golpeó brutalmente y le dejó partir. A la mañana siguiente, al atravesar el bosque, Pantaka escuchó ruidos de lucha y, aproximándose al lugar de donde procedía el estruendo, pudo ver cómo un gran número de bandidos atacaba con furia a su comandante, Magaduta.

Magaduta, como un león acorralado por perros, se zafaba de ellos, dando muerte a muchos de cuantos le atacaban. No obstante, sus enemigos eran demasiados y finalmente resultó derrotado y cayó a tierra medio muerto, completamente cubierto de heridas. Una vez que los bandidos se habían marchado, el joven monje se acercó a los que yacían con la intención de socorrer a los heridos. Sin embargo, todos los bandidos estaban ya muertos, tan solo en su jefe se observaban indicios de vida. El monje se encaminó inmediatamente al riachuelo que corría por las proximidades, trajo agua fresca en su jarra y se la dio a beber al moribundo.

Magaduta abrió los ojos y, haciendo rechinar sus dientes, dijo:

—¿Dónde están esos perros desagradecidos a los que en tantas ocasiones conduje a la victoria y al éxito? Sin mí morirán pronto como chacales acosados por un cazador.

—No piense en los compañeros y camaradas de su pecadora vida —dijo Pantaka—, piense en su alma y aproveche en su instante postrero esta oportunidad de salvación que se presenta ante usted. Aquí tiene un poco de agua para beber. Déjeme que le vende sus heridas, quizá también logre salvar su vida.

—Es inútil —replicó Magaduta—, estoy condenado. Esos miserables me han herido de muerte. ¡Canallas desagradecidos! Me han sacudido con los mismos golpes que yo les enseñé.

—Usted ha recogido aquello que sembró —prosiguió el monje—. Si hubiese enseñado a sus compañeros buenas obras, habría recibido de ellos buenos actos. Por el contrario, usted les educó en el asesinato y, por eso, como resultado de sus propias enseñanzas, ha encontrado la muerte a manos de sus camaradas.

—Tiene razón —respondió el comandante de los bandidos—, soy merecedor de mi destino pero ¡cuán dura resulta mi suerte! Tanto, que deberé recoger el fruto de mi mal proceder durante mis existencias futuras. Muéstrame, padre santo, qué puedo hacer para redimirme de los pecados de esta vida, los cuales me pesan como una roca apoyada sobre el pecho.

Y Pantaka dijo:

—Olvide sus deseos pecaminosos, acabe con las bajas pasiones y llene su alma de bondad para con todos los seres vivos.

El comandante dijo:

—He ocasionado mucho mal y no he cultivado el bien. ¿Cómo puedo desembarazarme de esta red de penurias que yo mismo he tejido con los pérfidos deseos de mi corazón? Mi karma me arrastra al infierno, nunca estaré en condiciones de seguir la senda de la salvación.

Y dijo el monje:

—Sí, su karma recogerá en futuras reencarnaciones los frutos de esas semillas que usted ha sembrado. Aquel que procede con maldad no tiene posibilidad de librarse de las consecuencias de sus malas obras. Pero no desespere: cualquier persona puede salvarse siempre que elimine de su alma la idea de la individualidad. Como ejemplo de ello le voy a contar la historia del famoso bandido Kandata, el cual murió sin conocer el arrepentimiento y renació como diablo en el infierno, donde sufrió los más espantosos martirios como consecuencia de sus malas obras. Llevaba ya muchos años en el infierno sin poder liberarse de su penosa situación cuando Buda apareció sobre la tierra y alcanzó el bendito grado de la iluminación. Por aquel memorable tiempo, un rayo de luz cayó también en el infierno, despertando la vida y la esperanza en el corazón de todos los demonios, y el bandido Kandata comenzó a gritar a todo pulmón: «¡Oh, bendito Buda, apiádate de mí! Sufro terriblemente y, aunque obré con maldad, es mi deseo ahora caminar por la senda de la justicia. Yo solo no puedo desembarazarme de esta red de penurias, ¡ayúdame, señor, apiádate de mí!».

Así es la ley del karma, las malas obras conducen a la perdición.

Cuando Buda escuchó la súplica del demonio que sufría en el infierno, le envió una araña con su tela, y la araña dijo: «Agárrate a mi tela y trepa por ella para salir del infierno». Cuando la araña desapareció de su vista, Kandata se aferró a la tela de araña y comenzó a trepar por ella. La tela de araña era muy resistente y no se partía, así que él subía por ella más y más alto cada vez. Pero, de repente, notó que el hilo comenzaba a temblar y a oscilar, pues tras él habían empezado a escalar por la tela de araña también otros mártires. Kandata se asustó. Contemplaba la finura de la tela de araña y veía cómo esta se iba dando de sí ante el aumento de su carga. Pese a todo, la tela de araña le sostenía. Así pues, Kandata continuó su ascenso mirando siempre hacia arriba hasta que, por un instante, dirigió su mirada abajo y comprobó que tras él una innumerable multitud de habitantes del infierno trepaba por la tela de araña.

«¿Cómo puede este fino hilo resistir el peso de todas estas personas?», pensó él y, aterrorizado, comenzó a vociferar: «¡Soltad la tela de araña, es mía!». Entonces, repentinamente, la tela de araña se desgarró y Kandata cayó de nuevo al infierno.

La idea de la individualidad vivía aún en Kandata. Él no conocía la fuerza milagrosa del verdadero anhelo de la ascensión en busca del camino de la justicia. Es un anhelo sutil, como una tela de araña, pero que sustenta a millones de personas, y cuanta más gente trepa por la tela de araña, más fácil le resulta a todos y cada uno de ellos. Sin embargo, en el momento en que se apodera del corazón del hombre la idea de que la tela de araña es suya, que el bien de la justicia le pertenece solo a él y que nadie le apartará de él, el hilo se rompe y el hombre se precipita hacia ese estado anterior de persona aislada. La individualidad en las personas es una maldición y, por el contrario, su asociación es una bendición. ¿Qué es el infierno? El infierno no es otra cosa que el egoísmo, mientras que el nirvana es la vida en común…

—Permita que me aferre a esa tela de araña —dijo Magaduta, el moribundo comandante de los bandidos, cuando el monje hubo terminado su relato— y lograré escapar de la ciénaga del infierno.

Magaduta permaneció algunos minutos en silencio, reorganizando sus pensamientos, para después continuar:

—Atiéndame, voy a confesarme ante usted. Yo fui siervo de Pandu, el joyero de Kolshambi. Pero después de aquello, como él me había torturado tan injustamente, huí de su casa y me convertí en el comandante de los bandidos. Hace algún tiempo, supe por mis informadores que él iba a atravesar las montañas y, entonces, le asalté y le privé de la mayor parte de su fortuna. Vaya ahora a verle y dígale que le perdono de todo corazón la humillación a la que injustamente me sometió y que le pido que me perdone por haberle saqueado. Mientras viví a su lado, su corazón era duro como una piedra, y de él aprendí su egoísmo. He oído que se ha vuelto bondadoso y que le reconocen como modelo de bondad y equidad. No deseo seguir en deuda con él. Por eso, escúcheme: yo me quedé con la corona de oro que él hizo para aquel rey, así como con todos los demás tesoros, y los escondí en una cueva. Tan solo dos de mis bandidos conocían ese lugar y, ahora, ambos están muertos. Que Pandu coja hombres armados y vaya a ese sitio para recuperar las pertenencias que yo le robé.

Magaduta le desveló dónde estaba la cueva y, a continuación, murió en brazos de Pantaka. Tan pronto como el joven monje Pantaka regresó a Kolshambi, fue a visitar al joyero y le contó todo cuanto le había sucedido en el bosque.

Pandu se puso camino de la cueva con hombres armados y recuperó todos los tesoros que el comandante allí había escondido. Después enterraron honrosamente al comandante y a sus compañeros muertos mientras Pantaka, ante su tumba, inspirado por las palabras de Buda, dijo lo siguiente:

—La persona hace el mal, la persona sufre por ello.

«La persona se aleja del mal, y la persona se purifica.

«La pureza y la impureza pertenecen a la persona: nadie puede purificar a otro.

«Solo el hombre es dueño de su esfuerzo; los budas son solo predicadores.

«Nuestro karma —añadió también el monje— no es obra de Shiva, ni de Brahma, ni de Indra, ni de ningún otro dios, nuestro karma es la consecuencia de nuestras propias obras.

«Mi conducta es el vientre que me contiene, es la herencia que me toca, es la maldición por mis malas obras y la bendición por mi equidad. Mi proceder es el único medio para mi salvación.

Pandu trajo de vuelta a Kolshambi todos sus tesoros, empleó con prudencia sus riquezas, tan inesperadamente recuperadas, y vivió tranquilo y feliz el resto de su vida. Cuando, ya anciano, estaba a punto de morir, reunió a todos sus hijos, hijas y nietos a su alrededor y les dijo:

—Queridos hijos, no juzguéis a los demás por vuestras desdichas. Buscad la causa de vuestras desgracias en vosotros mismos. Y si no habéis sido cegados por la soberbia, encontraréis esa causa y, al encontrarla, sabréis libraros del mal. El antídoto para vuestras adversidades se encuentra en vosotros mismos. Que los ojos de vuestro espíritu nunca resulten velados por el manto de Maya... Recordad estas palabras que han sido un talismán a lo largo de mi vida:

«Aquel que hace sufrir a otro, se hace el mal a sí mismo.

«Aquel que ayuda a otro, se ayuda a sí mismo.

«Que abandonéis la idea de la individualidad y caminéis por la senda de la justicia».

KASHTANKA

Antón Chéjov

MALA CONDUCTA

Un perro joven y canelo —un chucho de raza indefinida—, de morro muy parecido al de una raposa, corría adelante y atrás por la acera y miraba inquieto a los lados. De tarde en tarde se detenía y, con lastimero aullido, levantaba ya uña, ya otra de sus heladas patas, tratando de comprender cómo había podido perderse.

Recordaba muy bien lo que había hecho durante el día y cómo, a la postre, había ido a parar a aquella desconocida acera.

Por la mañana, su amo, el ebanista Luká Alexándrich, se había puesto el gorro, había tomado bajo el brazo cierta pieza de madera envuelta en un trapo rojo y había gritado:

— ¡Vamos, Kashtanka!

Al oír su nombre, el chucho de raza indefinida había salido de debajo del banco de carpintero, donde de ordinario dormía entre las virutas, se había estirado agradablemente y había seguido a su amo. Los clientes de Luká Alexándrich vivían muy lejos, así que antes de llegar hasta cada uno de ellos el ebanista debía hacer algunas paradas en las tabernas para reponer fuerzas. Kashtanka recordaba que por el camino su conducta había sido muy inconveniente. La alegría de que le hubiesen sacado a pasear le hacía dar brincos, ladrar al tranvía de caballos, meterse por los patios y perseguir a todos los perros que se encontraba. El ebanista lo perdía de vista a cada instante, lo llamaba y le reñía enfadado. En una ocasión, con expresión de cólera pintada en el semblante, había llegado a agarrarle de su oreja de raposa, dándole unos tirones, y había dicho, alargando las palabras:

—¡O-ja-lá re-vien-tes, canalla!

Después de despachar con los clientes, Luká Alexándrich se acercó un momento a casa de su hermana, donde bebió una copa y tomó un bocado. De allí se dirigió a visitar a un encuadernador conocido, del encuadernador a la taberna, de la taberna a ver a un compadre, etcétera. En pocas palabras, cuando Kashtanka se vio en aquella acera extraña ya anochecía, y el ebanista estaba borracho como una cuba.

Agitaba los brazos y, suspirando profundamente, balbuceaba:

—Todos hemos nacido en el pecado.

¡Oh, pecadores, pecadores! Ahora vamos por la calle y miramos las farolas, pero cuando nos llegue la muerte nos consumiremos en el fuego del infierno...

O bien le daba por un tono bonachón, llamaba a Kashtanka y le decía:

—Tú, Kashtanka, no eres más que un insecto. Si se te compara con el hombre, eres como un mal carpintero frente a un buen ebanista...

Estaba hablando así con él cuando resonaron los acordes de una banda militar. Kashtanka volvió la cabeza y vio que por la calle venía, directo hacia él, un regimiento. No podía soportar la música, que le descomponía los nervios, y empezó a aullar, yendo y viniendo. Con gran asombro por su parte, el ebanista, en vez de enfadarse y de chillar, sonrió ampliamente y, poniéndose en posición de firmes, se llevó la mano a la visera. Viendo que su amo no protestaba, Kashtanka aulló con más fuerza y, sin comprender lo que hacía, cruzó la calzada hasta la acera opuesta.

Cuando quiso darse cuenta, la música ya no se oía y el regimiento había desaparecido; corrió entonces al lugar donde había dejado a su amo, pero, ¡ay!, el ebanista ya no estaba allí, parecía que se le hubiera tragado la tierra... Kashtanka olisqueó la acera con la esperanza de encontrar al amo por el olor de sus huellas, pero un miserable acababa de pasar con sus chanclos nuevos y todos los olores delicados se confundían con aquella peste de la goma, hasta tal punto que era imposible distinguir nada.

Kashtanka corrió adelante y atrás sin encontrar a su dueño. A todo esto había oscurecido. A ambos lados de la calle encendieron las farolas, las ventanas de las casas se fueron iluminando. Caían unos copos grandes y esponjosos, que cubrían de blanco la calzada, los lomos de los caballos y los gorros de los cocheros, y cuanto más oscuro era el aire, más claros se hacían los objetos. Junto a Kashtanka, cubriendo su campo visual y empujándolo con sus pies y piernas, no cesaban de ir y venir clientes desconocidos. (Kashtanka dividía a toda la humanidad en dos partes muy desiguales: amos y clientes, con la diferencia esencial, entre unos y otros, de que los primeros podían pegarle y a los segundos él mismo estaba autorizado para morderles las pantorrillas).

Los clientes tenían prisa y no le prestaban atención alguna.

Cuando se hizo completamente de noche, Kashtanka se vio dominado por la desesperación y el miedo. Se arrimó a un portal y empezó a llorar amargamente. Las andanzas de todo el día con Luká Alexándrich le habían fatigado, sentía frío en las orejas y las patas y, para colmo de males, estaba hambriento. Desde por la mañana solo había tenido ocasión de llevarse algo al estómago dos veces: un poco de cola en casa del encuadernador y una tripa de salchichón que había encontrado junto al mostrador de una de las tabernas. Y eso era todo. Si hubiese sido persona, a buen seguro habría pensado: «No, esta vida es imposible. ¡Hay que pegarse un tiro!».

EL MISTERIOSO DESCONOCIDO

Pero no pensaba en nada y se limitaba a llorar. Cuando la nieve suave y esponjosa hubo cubierto su lomo y su cabeza, y, exhausto, se había sumido en una pesada modorra, la puerta en que se hallaba apoyado hizo un ruido, chirrió y le golpeó en un costado. Dio un salto. Por la puerta salió un hombre que pertenecía a la categoría de los clientes.

Como Kashtanka, enredándosele entre las piernas, había lanzado un chillido, aquel hombre no pudo por menos que advertir su presencia. Se inclinó y preguntó:

—¿De dónde vienes, perrito? ¿Te he hecho daño? Bueno, no te enfades, no te enfades... Perdóname.

Kashtanka miró al desconocido a través de los copos que colgaban de sus pestañas y vio ante sí a un hombrecillo bajo y regordete, de cara redonda y afeitada, con sombrero de copa y el abrigo desabrochado.

—¿De qué te quejas? —prosiguió él, mientras con un dedo le quitaba la nieve del lomo—. ¿Dónde está tu amo? Te has perdido, ¿verdad? ¡Pobre perrito! ¿Qué vamos a hacer ahora?

Percibiendo en la voz del desconocido un matiz cordial y cariñoso, Kashtanka le lamió la mano y aulló aún más lastimeramente.

—¡Resulta muy divertido! —dijo el hombre—. ¡Eres igualito a un zorro! En fin, no hay otro remedio: vente conmigo. Tal vez sirvas para algo... ¡Ea, vamos!

Chasqueó la lengua e hizo a Kashtanka una señal que únicamente podía significar una cosa: «Ven». Y Kashtanka le siguió.

Media hora más tarde estaba ya sentado sobre sus cuartos traseros en el suelo de una habitación espaciosa y bien iluminada, con la cabeza ladeada y contemplando con ternura y curiosidad al desconocido, que daba buena cuenta de su cena. A la vez que comía le echaba algún trozo... En un principio le dio pan y una corteza verde de queso, luego un pedazo de carne, medio pastelillo y unos huesos de pollo; el perro, hambriento, lo devoraba todo con tal rapidez que ni siquiera llegaba a advertir el sabor de lo que engullía. Cuanto más comía, mayor era su hambre.

—¡Parece que no te alimentan muy bien tus amos! —dijo el desconocido, viendo con qué ansia feroz tragaba sin masticar—. ¡Y qué flaco estás! No tienes más que piel y huesos...

Kashtanka comió mucho, aunque sin llegar a hartarse; sentíase como borracho. Después de la cena se tumbó en el suelo, estiró las patas y meneó el rabo, sintiendo en todo su cuerpo una agradable languidez. Mientras su nuevo amo, recostado en el sillón, fumaba un cigarro, él meneaba el rabo y trataba de dilucidar un problema: ¿dónde se estaba mejor, con el desconocido o con el ebanista? La vivienda del desconocido era pobre y fea; quitando los sillones, el diván, el quinqué y las alfombras, no había nada, y la habitación parecía vacía. En casa del ebanista, en cambio, todo se encontraba repleto de cosas; estaban la mesa, el banco de carpintero, montones de virutas, cepillos, garlopas, sierras, la jaula del jilguero, el barreño... La habitación del desconocido no olía a nada, mientras que en la casa del ebanista siempre había un espléndido olor a cola, barniz y virutas. Pero la vivienda del desconocido ofrecía una gran ventaja. Le daban abundante comida y, había que hacerle justicia, cuando Kashtanka estaba ante la mesa y le miraba enternecido, no le golpeó ni una sola vez, no pataleó ni llegó a gritar siquiera: «¡Vete de ahí, maldito!».

Terminado su cigarro, el nuevo amo salió por unos instantes para volver con una pequeña colchoneta en las manos.

—¡Eh, perro, acércate! —dijo, poniendo la colchoneta en un rincón, al pie del diván—. Échate aquí, duérmete.

Luego apagó el quinqué y se marchó. Kashtanka se tendió en la colchoneta y cerró los ojos; de la calle llegó un ladrido al que sintió deseos de contestar, pero de pronto, cuando menos lo esperaba, le invadió una oleada de tristeza. Recordó a Luká Alexándrich, a su hijo Fiédiushka, el confortable rinconcito de debajo del banco...

Recordó las largas tardes de invierno, cuando el ebanista cepillaba sus maderas o leía en voz alta el periódico y Fiédiushka solía jugar con él... Le agarraba las patas traseras, lo sacaba de debajo del banco y hacía con él tales diabluras, que se le nublaba la vista y llegaba a sentir dolor en todas las articulaciones. Le hacía andar a dos patas, lo convertía en campana, es decir, le tiraba fuertemente del rabo hasta que el animal empezaba a chillar y a ladrar, le daba a oler tabaco... Una de las travesuras de Fiédiushka resultaba verdaderamente horrorosa: ataba un trozo de carne a una cuerda, se lo daba a Kashtanka y, cuando este lo había tragado, entre grandes risas se lo sacaba del estómago. Y cuanto más vivos eran los recuerdos, tanto más fuertes y lastimeros eran los aullidos de Kashtanka.

Pero la fatiga y el calorcillo no tardaron en vencer la tristeza... Quedóse amodorrado. Creyó ver perros que pasaban corriendo; entre otros, vio el lulú con el que se había encontrado aquel día en la calle, muy lanudo, con una catarata en un ojo y un mechón que le caía junto a la nariz. Fiédiushka, con una barra de hierro en la mano, perseguía al lulú; luego ladró alegremente y se fue a reunir con Kashtanka. Uno y otro se olisquearon las narices y corrieron a la calle...

UNA NUEVA AMISTAD QUE RESULTA MUY AGRADABLE

Cuando Kashtanka se despertó había ya luz y desde la calle llegaban ruidos que solo se oyen de día. En la habitación no había ni un alma. Kashtanka se estiró, bostezó y, enfadado y sombrío, dio unas vueltas por la habitación. Olisqueó los rincones y los muebles, se asomó a la entrada y no encontró nada interesante. Había otra puerta además de la que daba al recibidor. Después de pensarlo, Kashtanka la arañó con ambas patas, la abrió y entró en el cuarto siguiente. Allí, en una cama y cubierto con su manta, dormía un cliente que él identificó como el desconocido de la víspera.

—Grrr... —gruñó, pero, recordando el festín de la víspera, meneó el rabo y se dedicó a olisquear.

Pasó revista a la ropa y a las botas del desconocido y encontró que olían intensamente a caballo. En el dormitorio había una nueva puerta, que también estaba cerrada. Kashtanka la arañó, empujó con el pecho, la abrió, e instantáneamente advirtió un olor extraño, muy sospechoso. Previendo un desagradable encuentro, sin cesar de gruñir y mirando a un lado y a otro, penetró en un pequeño cuarto, cuyas paredes estaban cubiertas con un papel muy sucio, y se hizo atrás, dominado por el miedo. Había visto algo inesperado y espantoso. Un ganso de plumaje gris avanzaba hacia él graznando, con las alas desplegadas y el cuello casi pegado al suelo. A un lado, sobre una colchoneta, había un gato blanco; al ver a Kashtanka se puso en pie de un salto, encorvó el espinazo y, con la cola tiesa y el pelo erizado, emitió un bufido. El perro se asustó de veras, pero, para disimular el miedo que le dominaba, lanzó un sonoro ladrido y se arrojó sobre el gato. Este encorvó todavía más el espinazo, repitió el bufido y dio a Kashtanka un zarpazo en la cabeza. El perro se hizo atrás de un salto, agachóse, alargó hacia el gato el hocico y ladró con voz lastimera; en este tiempo el ganso se le acercó por detrás y le dio un tremendo picotazo en el lomo. Kashtanka se arrojó de un salto sobre el gato...

—¿Qué pasa ahí? —Se oyó una voz sonora y enfadada, y en el cuarto entró el desconocido en batín y con un cigarro entre losdientes—. ¿Qué significa esto?

¡Cada uno a su sitio!

Se acercó al gato, le dio unas palmadas en el encorvado lomo y dijo:

—¿Qué significa esto, Fiódor Timoféich? ¿Os peleabais? ¡Ah, viejo canalla! ¡Échate!

Y volviéndose hacia el ganso, gritó:

—¡Iván Ivánich, a tu sitio!

El gato se acostó dócilmente en su colchoneta y cerró los ojos. A juzgar por la expresión de su cara y sus bigotes, él mismo estaba descontento por haberse acalorado y enzarzado en la riña. Kashtanka refunfuñó ofendido y el ganso estiró el cuello y empezó a hablar rápidamente, con pasión y vocalizando muy bien, pero sin que se le entendiese nada.

—Bueno, bueno —dijo el amo, bostezando—. Hay que vivir en paz y buena amistad.

Hizo una caricia a Kashtanka y prosiguió:

—Y tú, canelo, no tengas miedo... son buena gente, no te harán nada malo. Pero, espera,

¿cómo te vamos a llamar? Porque no puedes estar sin nombre, amigo.

El desconocido lo pensó y dijo:

—Verás... Te vas a llamar Tío... ¿Comprendes? ¡Tío!

Y después de repetir varias veces la palabra «Tío», salió del cuarto. Kashtanka se sentó y se dedicó a observar. El gato permanecía inmóvil en la colchoneta, haciendo como que dormía. El ganso, con el cuello estirado, se revolvía en su sitio sin cesar de hablar, con el calor y la rapidez de antes, en su lenguaje. Parecía un ganso muy inteligente; después de cada parrafada se hacía atrás con un gesto de asombro, como admirado de su propio discurso... Kashtanka lo estuvo escuchando un rato, contestó con un «grrr...» y se dedicó a oler los rincones. En uno de ellos había un pequeño comedero en el que vio guisantes reblandecidos y unas cortezas de pan de centeno mojado en agua. Probó los guisantes, pero no le agradaron; probó las cortezas y le parecieron buenas. El ganso no se enfadó lo más mínimo al ver que un perro desconocido se comía sus alimentos; al contrario, se puso a hablar más acaloradamente todavía, y para demostrar su confianza, se acercó él mismo al comedero y engulló unos cuantos guisantes.

MARAVILLAS Y PORTENTOS

Poco después volvió el desconocido trayendo un extraño objeto en forma de trapecio. Del travesaño de aquel tosco trapecio de madera colgaban una campana y una pistola. Del badajo de la campana y del gatillo de la pistola pendían unas cuerdas. El desconocido colocó el trapecio en el centro del cuarto, pasó bastante tiempo atando y desatando, luego miró al ganso y dijo:

—Tenga la bondad, Iván Ivánich.

El ganso se acercó y se quedó a la expectativa.

—¡Ea! —siguió el desconocido—, empezaremos por el principio. Ante todo, saluda y haz la reverencia. ¡Bien vivo!

Iván Ivánich alargó el cuello, lo inclinó a derecha y a izquierda y golpeó el suelo con la pata.

—Muy bien... ¡Ahora muérete!

El ganso se tendió sobre su espalda con las patas en alto. Después de realizar algunos números por el estilo, nada difíciles, el desconocido se llevó las manos a la cabeza, puso cara de espanto, y gritó:

—¡Socorro! ¡Que se quema la casa! ¡Que ardemos!

Iván Ivánich corrió hacia el trapecio, tomó la cuerda con el pico e hizo sonar la campana.

El desconocido quedó muy satisfecho, pasó la mano por el cuello del ganso y dijo:

—Muy bien, Iván Ivánich. Ahora eres un joyero que vende oro y brillantes. Llegas a la tienda y te encuentras con unos ladrones. ¿Qué harías en tal caso?

El ganso agarró con el pico la otra cuerda y dio un tirón, con lo que se produjo un ensordecedor disparo. A Kashtanka le había agradado mucho el repicar de la campana, pero el disparo le entusiasmó tanto que empezó a ladrar y a dar vueltas alrededor del trapecio.

—¡A tu sitio, Tío! —gritó el desconocido—. ¡Silencio!

El trabajo de Iván Ivánich no había terminado ahí. Durante toda una hora el desconocido le hizo correr a su alrededor mientras hacía restallar el látigo; el ganso tenía que saltar barreras, atravesar aros y encabritarse, es decir, sentarse sobre la cola y mover las patas. Kashtanka, sin apartar los ojos de Iván Ivánich, chillaba de entusiasmo, y en varias ocasiones lo siguió corriendo, con un sonoro ladrido. Cuando el hombre y el ganso se hubieron cansado, el desconocido se limpió el sudor de la frente y gritó:

—¡María, trae a Javronia Ivánovna!

Al cabo de un minuto se oía un gruñido... Kashtanka dio un respingo, adoptó un aire muy bravo y, por si acaso, se arrimó al desconocido.

Se abrió la puerta, se asomó una vieja y, después de decir unas palabras, dejó pasar a un cerdo muy feo. Sin prestar atención alguna a las protestas de Kashtanka, el cerdo levantó el hocico y gruñó alegremente. Parecía muy contento de ver a su amo, al gato y a Iván Ivánich. Se acercó al minino, lo empujó ligeramente con el hocico por debajo de la tripa y luego se puso a hablar con el ganso; en sus movimientos, en su voz y en el temblor del rabo se advertía una gran dosis de bondad. Kashtanka comprendió al instante que no merecía la pena gruñir y ladrar a tales sujetos.

El amo retiró el trapecio y gritó:

—¡Fiódor Timoféich, venga aquí!

El gato se levantó, se estiró perezosamente y con desgana, como quien hace un favor, se acercó al cerdo.

—¡Ea!, empezaremos por la pirámide egipcia —dijo el amo.

Se entretuvo largo rato en dar explicaciones y luego ordenó: «Uno... dos... ¡tres!». Iván Ivánich, al oír la palabra «tres», batió las alas y saltó al lomo del cerdo... Cuando con ayuda de las alas y del cuello logró afirmarse sobre el áspero lomo, Fiódor Timoféich, indolente y perezoso, con franco desprecio y como si todo su arte le importase un bledo, subió al lomo del cerdo y luego, con desgana, saltó sobre el ganso y se colocó en posición vertical sobre las patas traseras. Resultó lo que el desconocido denominaba pirámide egipcia. Kashtanka aulló de entusiasmo, pero en este tiempo el viejo gato bostezó y, perdido el equilibrio, se cayó del ganso. Iván Ivánich se tambaleó y también se vino abajo. El desconocido gritó, agitando mucho los brazos, y repitió las explicaciones.

Después de una hora de ejercicios perfeccionando la pirámide, el infatigable amo se dedicó a enseñar a Iván Ivánich a cabalgar sobre el gato, hizo fumar a este, etcétera.

Terminada la lección, el desconocido se limpió el sudor de la frente y salió del cuarto. Fiódor Timoféich soltó un desdeñoso bufido, se tumbó en la colchoneta y cerró los ojos. Iván Ivánich se dirigió al comedero y la vieja se llevó al cerdo.

Las muchas novedades de la jornada hicieron que el tiempo transcurriera para Kashtanka insensiblemente; al hacerse de noche fue llevado con su colchoneta al cuarto del sucio empapelado y allí durmió en compañía de Fiódor Timoféich y del ganso.

¡TALENTO! ¡TALENTO!

Transcurrió un mes.

Kashtanka se había habituado a las sabrosas comidas diarias y a que le llamasen Tío. Se habituó también al desconocido y a sus nuevos compañeros de vivienda. La vida se deslizaba como sobre ruedas.

Los días empezaban siempre igual. Normalmente, el primero en despertarse era Iván Ivánich, que inmediatamente se acercaba al Tío o al gato, estiraba el cuello y comenzaba a hablar acaloradamente, como el que trata de convencer de algo, aunque sus frases seguían siendo tan incomprensibles como antes. En ocasiones levantaba la cabeza y pronunciaba largos monólogos. En un principio Kashtanka pensó que el ganso hablaba mucho porque era muy inteligente, pero no tardó en perderle todo el respeto; cuando se le acercaba con sus interminables discursos, no movía ya el rabo, sino que trataba de sacudírselo como se hace con un charlatán inoportuno que no deja dormir a nadie, y sin la menor ceremonia le respondía: «Grrr...».

Fiódor Timoféich era un señor de otro linaje; al despertarse, no emitía ruido alguno, no se movía y ni siquiera abría los ojos. De buena gana no se habría despertado, porque, según todos los síntomas, no tenía apego a la vida. Nada le interesaba, todo lo miraba con indiferencia y desdén, lo despreciaba todo e incluso, a la hora de la comida, hacía ascos a los sabrosos manjares.

Kashtanka, al despertarse, empezaba a recorrer las habitaciones, olfateando cada rincón. Solo el gato y él tenían permiso para andar por toda la casa; el ganso no debía traspasar el umbral del cuarto del empapelado sucio, y Javronia Ivánovna vivía fuera, en un cobertizo del patio, y solo aparecía a la hora de la lección. El amo se despertaba tarde, tomaba el té e inmediatamente se entregaba a sus ejercicios con los animales. Cada día aparecían en la habitación el trapecio, el látigo y los aros, y cada día se repetía lo mismo casi sin variación alguna. La lección duraba de tres a cuatro horas, de modo que a veces Fiódor Timoféich llegaba a tambalearse como un borracho, Iván Ivánich abría el pico, respirando fatigosamente, y el amo, rojo como un tomate, no cesaba de limpiarse el sudor de la frente.

Las lecciones y la comida hacían los días muy interesantes, pero al llegar la noche venía el aburrimiento. El amo solía salir llevando consigo al ganso y al gato. El Tío se quedaba solo, se acostaba en su colchoneta y se entregaba a sus tristes pensamientos...

La tristeza le invadía sin que él mismo se diese cuenta, haciéndose cada vez más intensa, lo mismo que la oscuridad de la habitación. Los primeros síntomas eran que el perro perdía por completo los deseos de ladrar, de comer, de recorrer las habitaciones y hasta de mirar a nada;

luego en su imaginación aparecían dos figuras confusas, que no sabría decir si eran perros o personas, de fisonomía agradable y simpática, aunque no acababa de identificarlas. Cuando se le presentaban, el Tío meneaba el rabo; le parecía haber visto y querido a aquellos seres en otro lugar... Y al dormirse, siempre sentía que de esas figuras emanaba un olor a cola, a virutas y a barniz.

Cierta vez, antes de comenzar la lección, cuando ya se había hecho por completo a la nueva vida y, de un chucho flaco que era, se había convertido en un perro gordo y bien criado, el amo le acarició y le dijo:

—Ya es hora, Tío, de que hagamos algo práctico. Se acabó el holgazanear. Quiero hacer de ti un artista... ¿Quieres ser artista? Y empezó a enseñarle diversas habilidades. En la primera lección aprendió a mantenerse de pie y a marchar sobre las patas traseras, cosa que fue muy de su agrado. En la segunda hubo de saltar, siempre sobre las patas traseras, hasta alcanzar un terrón de azúcar que el maestro mantenía en alto sobre su cabeza. Luego vino bailar, correr sujeto a la cuerda, describiendo círculos, aullar a los sones de la música, tocar la campana y disparar; al cabo de un mes ya podía reemplazar perfectamente a Fiódor Timoféich en la pirámide egipcia. Era muy aplicado y se sentía satisfecho de sus éxitos; correr con la lengua fuera, saltar por el arco y cabalgar sobre el viejo Fiódor Timoféich le proporcionaba el mayor de los placeres. Cada ejercicio bien hecho lo acompañaba de sonoros y entusiásticos ladridos; el maestro, pasmado, se entusiasmaba también y se frotaba las manos.

—Eres un talento, un talento —decía—. ¡Un talento indiscutible! Seguro que tendrás éxito.

UNA NOCHE INTRANQUILA

El Tío soñó que le perseguía un portero con su escoba y se despertó sobresaltado.

La habitación estaba silenciosa y oscura, el calor era sofocante. Las pulgas le picaban. El Tío no había sentido nunca miedo a la oscuridad, pero ahora le invadía el terror y le entraron ganas de ladrar. En la habitación vecina el amo suspiró profundamente; luego, al cabo de un rato, el cerdo gruñó en su cobertizo, y todo quedó de nuevo en silencio. Cuando uno piensa en la comida, el alma parece aliviada, y el Tío empezó a pensar que aquel día había robado a Fiódor Timoféich una pata de pollo, que dejó escondida en la sala, entre el armario y la pared, en un lugar donde abundaban las telarañas y el polvo. Le habría agradado acercarse ahora y mirar si la pata seguía en su sitio. Era muy posible que el amo la hubiese encontrado y se la hubiera comido. Pero hasta la mañana no se podía salir de la habitación: tal era la norma establecida. El Tío cerró los ojos para dormirse pronto, pues por experiencia sabía que cuanto antes se duerme uno más deprisa viene la mañana. Pero en esto, no lejos de él resonó un grito terrible que le hizo estremecerse y ponerse de pie. Era Iván Ivánich, y su grito no era el de un charlatán que quiere convencer, como hacía a diario, sino algo salvaje y estridente, antinatural, parecido al chirrido de una puerta al abrirse. Sin ver nada en las tinieblas que le rodeaban, sin comprender lo que ocurría, el Tío sintió más miedo aún y gruñó:

—Grrr...

Transcurrió algún tiempo, el que se necesitaría para roer un buen hueso; el grito no se repitió. El Tío se fue tranquilizando y se durmió de nuevo. Soñó con dos grandes perros negros; de los flancos y de las patas traseras les colgaban sucios mechones de pelo; comían ávidamente desperdicios en un barreño, que desprendía un vapor blanco y un olor muy apetitoso. En ocasiones miraban al Tío, enseñaban los colmillos y gruñían: «A ti no te daremos nada». Pero de la casa salió un hombre vestido con un largo capote y los echó con un látigo. Entonces el Tío se acercó al barreño y se puso a comer, pero en cuanto el hombre se hubo retirado, los perros negros de antes se arrojaron sobre él, y en este momento resonó otro penetrante grito.

—¡Cua! ¡Cua-cua-cua! —gritaba Iván Ivánich.

El Tío se despertó, se puso en pie de un salto y, sin salir de la colchoneta, emitió un largo aullido. Imaginábase que el autor del grito no era Iván Ivánich, sino un desconocido. En el cobertizo volvió a gruñir el cerdo.

Se oyó el arrastrar de unas zapatillas y en el cuartito entró el amo envuelto en su batín y con una vela en la mano. Los destellos de la luz saltaron por el sucio papel de las paredes y por el techo, expulsando la oscuridad. El Tío vio que en la habitación no había nadie extraño. Iván Ivánich no dormía. Estaba tendido en el suelo, con las alas caídas y el pico entreabierto, como si se sintiese muy fatigado y quisiera beber. Tampoco dormía el viejo Fiódor Timoféich, al que el grito, sin duda, había despertado.

—¿Qué te ocurre, Iván Ivánich? —preguntó el amo al ganso—. ¿Por qué gritas? ¿Estás enfermo?

El ganso guardó silencio. El amo le pasó la mano por el cuello y el espinazo y dijo:

—Eres un impertinente: ni duermes ni dejas dormir.

El amo salió, llevándose la luz, y de nuevo quedó todo sumido en las tinieblas. El Tío sintió miedo. El ganso no gritaba, pero volvió a sentir que en la oscuridad había alguien extraño. Y lo peor de todo era que a ese alguien no se le podía morder, porque era invisible y carecía de forma. Pensó que esa noche había de ocurrir forzosamente algo muy malo. Fiódor Timoféich se mostraba también inquieto. El Tío oía cómo se revolvía en su colchoneta, bostezaba y sacudía la cabeza.

En la calle llamaron a una puerta y el cerdo gruñó en el cobertizo. El Tío aulló, extendió las patas delanteras y colocó la cabeza entre ellas. En los golpes dados a la puerta, en el gruñido del cerdo —desvelado también—, en la oscuridad y en el silencio, advertía algo que le producía angustia y miedo, lo mismo que el grito de Iván Ivánich. Todo le causaba alarma e inquietud, pero ¿por qué? ¿Quién era ese ser extraño que no se dejaba ver? Junto al Tío, por un instante, brillaron dos turbias lucecitas verdes. Por primera vez desde que se conocían, Fiódor Timoféich se acercaba a él. ¿Qué querría? El Tío le lamió una pata y, sin preguntarle la causa de su venida, aulló suavemente en distintos tonos.

—¡Cua! —gritó Iván Ivánich—. ¡Cuaaa!

La puerta se abrió de nuevo y entró el amo con la vela. El ganso seguía igual que antes, con el pico abierto y las alas caídas. Sus ojos estaban cerrados.

—Iván Ivánich —le llamó el amo.

El ganso no se movió. El amo se sentó ante él en el suelo, lo miró un rato en silencio y dijo:

—¿Qué es eso, Iván Ivánich? ¿Te vas a morir? ¡Ah, ahora lo recuerdo! —exclamó, llevándose las manos a la cabeza—. ¡Ya sé lo que te ocurre! ¡Es el pisotón que te dio hoy el caballo! ¡Dios mío, Dios mío!

El Tío no alcanzaba a comprender lo que decía el dueño, pero por su cara vio que este esperaba algo terrible. Alargó el morro hacia la oscura ventana por la que, creyó él, miraba un desconocido, y aulló.

—¡Se muere, Tío! —dijo el amo, y juntó ambas manos—. Sí, sí, se muere. La muerte ha venido a visitarnos. ¿Qué podemos hacer?

Pálido e inquieto, suspirando y meneando la cabeza, el amo volvió a su dormitorio.

El Tío sintió miedo de quedarse en la oscuridad y lo siguió. Él se sentó en la cama y repitió varias veces:

—Dios mío, ¿qué se podría hacer?

El Tío iba y venía junto a sus pies, sin comprender las razones de su angustia e inquietud; en sus deseos de alcanzar la causa de todo esto, no se perdía ni uno solo de sus movimientos. Fiódor Timoféich, que raras veces abandonaba su colchoneta, acudió también al dormitorio del amo y comenzó a frotarse en las piernas de este. Sacudió la cabeza, como si quisiera desprenderse de graves pensamientos, y miró sospechosamente debajo de la cama.

El amo tomó un platillo, lo llenó de agua en el grifo y volvió al cuarto del ganso.

—Bebe, Iván Ivánich —dijo cariñosamente, poniendo ante él el platillo—. Bebe, querido.

Pero Iván Ivánich no se movió ni abrió los ojos. El dueño le acercó la cabeza al platillo y le metió el pico en el agua, pero el ganso no quiso beber, dejó caer aún más las alas y su cabeza quedó inmóvil en el platillo.

—¡No, ya no se puede hacer nada! — suspiró el amo—. Se acabó todo. ¡Adiós, Iván Ivánich!

Y por sus mejillas se deslizaron unas gotitas brillantes, parecidas a las que resbalan por las ventanas cuando llueve. Sin comprender nada de esto, el Tío y Fiódor Timoféich se apretaron contra él y miraron horrorizados al ganso.

—¡Pobre Iván Ivánich! —decía el amo, suspirando tristemente—. Y yo que pensaba llevarte esta primavera al campo, a que corrieses por la hierba verde... ¡Te has muerto, mi buen y querido compañero de fatigas! ¿Cómo me las voy a arreglar sin ti?

Al Tío le pareció que también a él le iba a suceder algo parecido, es decir, que, sin saber por qué, iba a cerrar los ojos, estirar las patas y abrir la boca, y que todos le mirarían horrorizados. Esas mismas ideas debían de rondar por la cabeza de Fiódor Timoféich. Jamás se había mostrado el viejo gato tan triste y taciturno como ahora.

Comenzaba a amanecer y en la habitación no se encontraba ya aquel ser extraño invisible que había asustado al Tío. Cuando se hizo de día, vino el portero, agarró al ganso por las patas y se lo llevó quién sabe adónde. Poco después se presentaba la vieja y retiraba el comedero.

El Tío se acercó a la sala y miró detrás del armario: el amo no se había comido la pata de pollo, que seguía en el mismo sitio, entre el polvo y las telarañas. Pero se sentía dominado por el tedio y la tristeza; quería llorar. Ni siquiera olió la pata. Se sentó al pie del diván y empezó a aullar con una delgada vocecita.

—Auh, auh, auh...

UN DEBUT DESAFORTUNADO

Era una hermosa tarde cuando el amo entró en el cuartito del papel sucio y, frotándose las manos, dijo:

—Bueno...

Quería añadir algo más, pero salió sin terminar la frase. El Tío, que durante las lecciones había estudiado muy bien su cara y la entonación de su voz, adivinó que estaba preocupado e inquieto, acaso enfadado. Poco después volvió y dijo:

—Tío, hoy te voy a llevar con Fiódor Timoféich. En la pirámide egipcia sustituirás al difunto Iván Ivánich. ¡El diablo sabe qué saldrá de todo esto! No hay nada preparado, no lo habéis aprendido, no hemos tenido tiempo de ensayar. ¡Fracasaremos, fracasaremos!

Volvió a salir y al cabo de un momento regresaba enfundado en su abrigo de piel y con sombrero de copa. Acercóse al gato, lo cogió de las patas delanteras, lo levantó y lo ocultó en su pecho, dentro del abrigo; Fiódor Timoféich se mostró indiferente a todo esto, sin molestarse siquiera en abrir los ojos. Veíase que no le importaba nada; que le daba lo mismo estar acostado o ser levantado por las patas, descansar en la colchoneta o reposar en el pecho del amo, dentro del abrigo...

—Vamos, Tío —dijo el amo.

El Tío le siguió sin comprender nada y meneando el rabo. Al cabo de un minuto se encontraba en un trineo, a los pies del amo, y oía cómo este, estremeciéndose a causa del frío y la inquietud, gruñía:

—¡Vamos a fracasar! ¡Va a ser un fracaso! El trineo se detuvo ante un edificio grande y de extraña forma, parecido a una sopera puesta del revés. La larga entrada de esta casa, con tres puertas de cristales, estaba iluminada por una docena de faroles de viva luz. Las puertas se abrían con estrépito y, como si fuesen fauces, se tragaban a la gente situada delante de ellas. Abundaban las personas, a veces se acercaban caballos, pero, en cuanto a perros, no se veía ninguno.

El amo agarró al Tío y se lo metió en el pecho, dentro del abrigo, donde ya se encontraba Fiódor Timoféich. Allí no había luz, faltaba aire, pero el calorcillo era muy agradable. Por un instante brillaron dos turbias chispas verdes: era el gato, que había abierto los ojos al sentir el contacto de las frías y duras patas del vecino. El Tío le lamió la oreja y, deseoso de acomodarse lo mejor posible, se removió inquieto, haciéndose sitio, recogiendo las frías patas, y, sin querer, sacó la cabeza al exterior; pero inmediatamente la volvió a meter, con un gruñido de enfado. Creyó verse en una habitación enorme, mal iluminada y llena de monstruos; por detrás de vallas y rejas, que se extendían a ambos lados, asomaban unas cabezas terribles: de caballo, con cuernos, de largas orejas; una de ellas, gorda y grandísima, tenía cola en vez de nariz, con dos largos huesos bien roídos que le salían de la boca.

El gato maulló con voz sorda, molesto por las patas del Tío, mas en esto el abrigo se abrió, el dueño dijo «¡Hop!» y Fiódor Timoféich y el Tío saltaron al suelo. Se encontraron en una pequeña pieza con paredes grises de tabla; los únicos muebles eran una mesita con un espejo y un taburete. Descontando esto y los trapos colgados de los rincones, allí no había nada más; en vez de un quinqué o de una vela, ardía una viva lucecita en forma de abanico, pegada a cierto tubo que salía de la pared. Fiódor Timoféich se alisó el pelo, revuelto por el Tío, y se echó debajo del taburete. El dueño, siempre inquieto y sin cesar de frotarse las manos, comenzó a desnudarse... Se desnudó como de ordinario lo hacía en casa para acostarse, es decir, se quitó todo menos la ropa interior; luego se sentó en el taburete y, mirando al espejo, empezó a realizar sobre su persona operaciones maravillosas. Primero se colocó en la cabeza una peluca con raya en medio y dos mechones parecidos a cuernos; seguidamente se embadurnó la cara con algo blanco y por encima de lo blanco se pintó las cejas, los bigotes y las mejillas.

Pero no terminó ahí la cosa, sino que después de embadurnarse la cara y el cuello se vistió con un traje como el Tío no había visto nunca ni en las casas ni en la calle. Imaginaos unos pantalones anchísimos de satén floreado, del estilo del que se emplea en las casas de la clase media para cortinas y fundas de muebles, unos pantalones que le llegaban hasta las mismas axilas, con una pernera de color castaño y otra amarillo claro. Una vez sumergido en estos pantalones, el amo se puso cierta chaquetilla de cuello grande y con picos y una estrella de oro en la espalda, medias de distintos colores y zapatos verdes...

Al Tío se le iban los ojos con tal variedad de colores. Aquella figura pesada olía a amo, su voz era también la de él, pero había momentos en que el Tío se sentía atormentado por la duda, dispuesto a huir de aquel hombre pintarrajeado y ladrar. El nuevo sitio, la luz en forma de abanico, los olores, la metamorfosis experimentada por el amo: todo ello le sumía en un estado de miedo indefinido. Tenía el presentimiento de que iba a tropezarse con algo horroroso, al estilo de la enorme cabeza con cola en lugar de nariz. Y para colmo de males, fuera tocaban la odiosa música y en ocasiones se oía un rugido incomprensible. Lo único que le tranquilizaba era la serenidad imperturbable de FiódorTimoféich. Este dormía como si tal cosa debajo del taburete y ni siquiera llegaba a abrir los ojos cuando el taburete se movía.

Un hombre de frac y chaleco blanco asomó la cabeza por la puerta del cuartito y dijo:

—Ahora empieza miss Arabela. Luego le tocará a usted.

El amo no respondió nada. Sacó de debajo de la mesa una maleta de reducidas proporciones y se sentó a esperar. Los labios y las manos delataban su inquietud; el Tío oía cómo temblaba su respiración.

—Monsieur George, a escena —gritó alguien al otro lado de la puerta.

El amo se levantó, se persignó tres veces, sacó al gato de debajo del taburete y lo metió en la maleta.

—Ven aquí, Tío —dijo en voz baja.

El Tío, sin comprender nada, se acercó a sus manos; él le dio un beso en la cabeza y lo colocó junto a Fiódor Timoféich. Luego todo se hizo oscuro...

El Tío pisaba al gato, arañaba las paredes de la maleta y, presa de terror, era incapaz de emitir el menor sonido; temblaba mientras la maleta oscilaba como arrastrada por las olas...

—¡Aquí estoy yo! —gritó con voz sonora el amo—. ¡Aquí estoy yo!

El Tío sintió que después de este grito la maleta chocaba con algo duro y dejaba de balancearse. Se oyó un rugido fuerte y largo: golpeaban a alguien, y ese alguien, probablemente la cabeza de la cola en vez de nariz, rugía y reía tan estrepitosamente que vibraban los cierres de la maleta. En respuesta al rugido se oyó la risa del amo, una risa estridente y chillona como jamás había escuchado en casa.

—¡Hola! —gritó, tratando de hacerse oír por encima del rugido—. Respetable público, acabo de llegar de la estación. Se ha muerto mi abuela y me ha nombrado heredero. En la maleta hay algo muy pesado; debe de ser oro... ¡Ah, ah! ¡Puede que haya un millón! Voy a abrirla y veremos...

Sonó el cierre de la maleta. Una luz cegadora obligó al Tío a cerrar los ojos. Saltó fuera y, ensordecido por el rugido, corrió cuanto pudo alrededor de su amo, ladrando alegremente.

—¡Hola! —gritó el amo—. ¡Mi tío Fiódor Timoféich! ¡Mi otro tío! ¡Que el diablo os lleve, queridos parientes!

Cayó con el vientre sobre la arena, agarró al gato y al Tío y los abrazó una vez y otra. El Tío, mientras él le apretaba entre sus brazos, pudo lanzar una ojeada al mundo al que le había llevado el destino y, asombrado de verse en un lugar tan grandioso, quedó por un momento inmóvil, dominado por el asombro y el entusiasmo. Luego se evadió de los abrazos del amo y, aturdido por tanta emoción, comenzó a dar vueltas como un lobezno. Ese mundo nuevo era grande y resplandeciente; a donde quiera que mirase, desde el suelo al techo, todo eran caras, caras y caras y nada más.

—Tío, tenga la bondad de sentarse — dijo el amo.

Recordando lo que esto significaba, el Tío saltó a una silla y se sentó. Miró al amo. Los ojos de este, como siempre, eran serios y cariñosos, pero la cara, en particular la boca y los dientes, se hallaban desfigurados por una sonrisa ancha y petrificada. Reía a carcajadas, saltaba, movía los hombros y en presencia de aquellos miles de personas hacía ver como si estuviera muy alegre. El Tío creyó en esa alegría y de pronto sintió con todo su ser que aquellos miles de hombres y mujeres tenían los ojos puestos en él; levantó su hocico de raposa y aulló alegremente.

—Usted, Tío, quédese ahí —le dijo el amo— mientras Fiódor Timoféich y yo bailamos la kamarinskaya.

Fiódor Timoféich, en espera de que le obligasen a hacer estupideces, permanecía indiferente, mirando a los lados. Bailó con desgana, de mal humor, y por sus movimientos, por su cola y sus bigotes percibíase el profundo desprecio que le inspiraban la gente, la viva luz, el amo, él mismo... Bailó cuanto le correspondía, bostezó y se sentó.

—Venga, Tío —dijo el amo—. Primero cantaremos y luego bailaremos.¿Qué le parece? Sacó del bolsillo una flauta y empezó a tocar. El Tío, que no podía soportar la música, se revolvió inquieto en la silla y aulló una y otra vez. Esto produjo una tempestad de gritos y aplausos. El amo saludó y cuando todo se hubo acallado volvió a tocar...

Estaba ejecutando una nota muy alta cuando alguien que se encontraba en las últimas filas del público lanzó una sonora exclamación de asombro.

—¡Padre! —gritó una voz infantil—. ¡Pero si es Kashtanka!

—¡Sí que es Kashtanka! —confirmó otra voz, esta de borracho—. ¡Kashtanka! Fiédiushka, que Dios me castigue si no es Kashtanka.

Alguien silbó desde lo alto y dos voces, una de niño y otra de adulto, llamaron a pleno pulmón:

—¡Kashtanka! ¡Kashtanka!

El Tío se estremeció y miró al lugar de donde procedían los gritos. Dos caras, una peluda, alcohólica y sonriente, la otra redonda, de rojas mejillas y asustada, se le metieron por los ojos como antes se le había metido la viva luz... Recordó, cayó de la silla y empezó a aullar en la arena. Luego pegó un brinco y con alegres chillidos corrió hacia aquellas caras. Estalló un ensordecedor rugido, del que sobresalían los silbidos y un estridente grito infantil:

—¡Kashtanka! ¡Kashtanka!

El Tío saltó la barrera. Luego, por encima de los hombros de alguien, fue a parar a un palco. Para subir al piso siguiente era necesario saltar una alta pared. El Tío trató de hacerlo, pero no pudo y cayó abajo. Luego fue pasando de unos a otros, lamiendo manos y caras, cada vez más arriba, hasta que, por fin, se vio en el gallinero...

Media hora más tarde Kashtanka iba ya por la calle detrás de personas que olían a cola y barniz. Luká Alexándrich se tambaleaba e instintivamente, aleccionado por la experiencia, procuraba mantenerse lejos de las zanjas.

—En el abismo de mis entrañas anida el pecado... —balbuceaba—. Y a ti, Kashtanka, no hay quien te entienda. Comparado con el hombre, eres como un mal carpintero frente a un buen ebanista.

A su lado caminaba Fiédiushka, tocado con la gorra del padre. Kashtanka miraba las espaldas de ambos, le parecía que hacía ya mucho que iba detrás de ellos y se alegraba de que su vida no se hubiese interrumpido ni por un instante.

Recordaba el cuartito del empapelado sucio, al ganso y a Fiódor Timoféich, las sabrosas comidas, las lecciones, el circo... pero todo eso no era ahora para él sino una pesadilla larga y confusa.

HISTORIA DE UNA ANGUILA

Antón Chéjov

Mañana de verano. La brisa está en calma. Tan solo se escucha el cri-cri de un grillo junto a la orilla y, a lo lejos, el tímido graznido de una tórtola. Las esponjosas nubes se alzan inmóviles en el cielo como dispersas pilas de nieve... Junto a los baños en construcción, bajo las verdes ramas de un sauce, forcejea en el agua el carpintero Guerásim, un campesino alto y enjuto con el cabello rojo y encrespado y el rostro cubierto de vello. Jadea y resopla mientras, pestañeando con insistencia, se afana en coger algo que hay bajo las raíces sumergidas del sauce. Su rostro está cubierto de sudor. A dos metros de Guerásim, con el agua a la altura del cuello, se encuentra Liubim, un hombre joven y jorobado con el rostro triangular y pequeños ojos achinados.

Ambos, tanto Guerásim como Liubim, están en camisola y pantalones. Ambos están azules a causa del frío, pues llevan ya más de una hora metidos en el agua...

–¿Por qué lo remueves todo con la mano? –grita el jorobado Liubim, temblando como si tuviese fiebre–. ¡Eres un cabeza de chorlito! ¡Cógela, cógela, maldito, que se va a escapar! ¡Cógela, te digo!

—No se escapa, no... ¿A dónde va a ir?

—Se ha escondido bajo las raíces —le replica Guerásim con una voz de bajo, ronca y profunda, que no procede de la laringe sino del fondo de sus entrañas—. Es muy escurridiza, la bribona, no hay manera de agarrarla.

—¡Cógela de las agallas, de las agallas!

—No puedo verle las branquias... Espera, he cogido algo... La he agarrado de la boca... ¡Muerde, la bribona!

—¡No tires de la boca, no tires, se te escapará! ¡De las agallas, cógela de las agallas! ¡Otra vez metiendo la manita! ¡Estúpido campesino! ¡Perdóname, reina de los cielos! ¡Pero cógela!

—¡Tan fácil, cógela! —Guerásim ya se está hartando—. Como jefe no tienes precio... Ven y cógela tú mismo, jorobado del demonio... ¿A qué esperas?

—Si pudiese, la cogería... ¿Crees que con mi corta estatura puedo hacer pie lejos de la orilla? ¡Está profundo!

—No pasa nada porque esté profundo... Ven nadando...

El jorobado da algunas brazadas, se aproxima nadando hasta Guerásim y se sujeta a unas ramas. Al primer intento de apoyarse sobre el fondo, se hunde por completo dejando escapar unas burbujas.

—¡Ya te dije que estaba profundo! —dice

haciendo girar airadamente los ojos–. Tendré que subirme a tu cuello, ¿vale?

–Mejor... apóyate sobre alguna raíz... Hay tantas que parece una escalera...

El jorobado encuentra tanteando con el talón un punto de apoyo y, sujetándose con fuerza a unas cuantas ramas, planta sus pies sobre una de las raíces bajo el agua... Tras recuperar el equilibrio y afianzarse en su nueva posición, se inclina y, haciendo un gran esfuerzo para que no se le introduzca agua en la boca, comienza a hurgar con su mano derecha entre las raíces sumergidas. Al internarse entre las algas, deslizándose sobre el liquen que recubre las raíces, su mano tropieza con la punta de la pinza de un cangrejo...

–¡Diablos, tampoco a ti he podido verte! –dice Liubim, arrojando con rabia el cangrejo al camino.

Finalmente, su mano encuentra el brazo de Guerásim y, descendiendo por él, topa con algo resbaladizo, frío.

–¡Está aquí! –se sonríe Liubim–. Está robusta, la bribona... Estira un poco los dedos, ahora, sí... de las agallas... Espera, no me des con el codo..., ahora, ya..., ahora, la tengo, la tengo... Está muy lejos, la bribona, se ha escondido bajo una raíz, no hay modo de cogerla... Es imposible agarrarle la cabeza... Tan solo soy capaz de llegar al vientre...

¡Mátame ese mosquito en el cuello, me está picando! Ahora, de las agallas... ¡Ve por ese lado, empújala, empuja! ¡Dale con el dedo!

El jorobado, con los mofletes hinchados de contener la respiración, abre los ojos como platos y, justo en el instante en que está a punto de introducir los dedos en las agallas, las ramas a las que se asía su mano izquierda se parten y él, perdiendo el equilibrio, cae de golpe al agua. Mientras algunas burbujas ascienden hasta el lugar de la zambullida, ondas concéntricas se alejan de la orilla tan aprisa que parecen asustadas. El jorobado sale a flote y, resoplando, se agarra a unas ramas.

—¡Todavía te ahogas, maldito, y me toca responder por ti! —dice Guerásim con voz ronca—. ¡Que el diablo te lleve, anda, sal de ahí! ¡Ya la saco yo!

Comienzan los improperios... Y el sol abrasa más y más cada vez. Las sombras se vuelven más cortas y desaparecen bajo sus pies, como los cuernos de un caracol... La alta hierba, batida por el sol, empieza a emitir un fuerte y empalagoso olor a miel. Ya es casi mediodía, pero Guerásim y Liubim siguen forcejeando al pie del sauce.

Una aguardentosa voz de barítono y un frío y estridente tenor se empeñan infatigablemente en romper la calma de aquel día de verano.

—¡Arrástrala de las agallas, arrástrala! ¡Espera, yo la sacaré! ¿A dónde vas con el puño? ¡Con el puño no, mendrugo, con el dedo! ¡Ve por el costado! ¡Ve por la izquierda, por la izquierda, que a la derecha hay una poza! ¡Vaya festín se va a dar el diablo esta noche! ¡Arrástrala por la boca!

Se oye un chasquido… Por la orilla avanza perezosamente, en busca de un lugar donde beber, el ganado conducido por el pastor Yefim. El pastor, un viejo decrépito con un solo ojo y la boca torcida, camina con la cabeza gacha, mirándose los pies. Primero se aproximan al agua las ovejas, tras ellas los caballos y, a continuación de los caballos, las vacas.

—¡Empújala desde abajo! —oye exclamar a Liubim—. ¡Mete el dedo! ¿Eres idiota o qué, demonio? ¡Caramba!

—¿Qué tenéis ahí, amigos? —grita Yefim.

—¡Una anguila! ¡No hay manera de hacerla salir! ¡Se ha escondido bajo las raíces!

¡Ve por ese lado! ¡Vamos, ve! Yefim entorna un instante su ojo en dirección a los pescadores, a continuación se quita las alpargatas, se descuelga el zurrón del pecho y se despoja de la camisa. Sin paciencia para quitarse los pantalones, se persigna y se mete con pantalones y todo en el agua ayudándose a mantener el equilibrio con sus esqueléticas y oscuras manos… A unos cincuenta pasos, llega al fondo embarrado y decide proseguir a nado.

—¡Esperad, muchachitos! —grita él—. ¡Esperad! ¡No tiréis de ella a lo loco, la dejaréis escapar! ¡Hay que saber!

Yefim se une a los carpinteros y los tres, golpeándose los unos a los otros con codos y rodillas, resollando y blasfemando, se empujan en el mismo sitio... El jorobado Liubim se atraganta e inunda el aire con una tos extraña y convulsiva.

—¿Dónde está el pastor? —se oyó un grito desde la orilla—. ¡Yefim! ¡Pastor! ¡El rebaño se ha metido en el jardín! ¡Sácalo, sácalo del jardín! ¡Sácalo! ¿Dónde estará el viejo bandido?

Se escuchan voces masculinas, después una femenina... Al otro lado de la verja del jardín señorial aparece el patrón Andréi Andréich en bata de paño de Persia y con un periódico en la mano... Dirige su mirada con curiosidad hacia los gritos que llegan desde el río y, a continuación, se encamina al trotecillo hacia los baños...

—¿Qué es esto? ¿Quién grita? —pregunta en tono severo al vislumbrar a través del enramado del sauce las tres cabezas mojadas de los pescadores—. ¿Qué estáis haciendo ahí?

—E... estamos pescando un pececillo... —balbucea Yefim sin levantar la cabeza.

—¡A ti te voy a dar yo pececillo! ¡El rebaño en el jardín y él pescando pececillos! ¿Cuándo va estar listo el baño, demonio? Lleváis dos días de faena y... ¿dónde están los resultados?

—Es... estará listo... —gime Guerásim—. El verano es largo, excelencia, tendrá usted todavía tiempo de lavarse... Puf... No hay manera de hacerse con esta anguila... Se ha metido bajo las raíces como si fuera su madriguera: ni por aquí ni por allá...

—¿Una anguila? —pregunta el terrateniente al tiempo que se le iluminan los ojos—. ¡Entonces, sacadla rápido!

—Nos darás cincuenta kopeks... Te haremos el favor si... Una anguila robusta, como la mujer de tu tratante... Vale esos cincuenta, excelencia... Por los esfuerzos... ¡No la espachurres Liubim, no la espachurres, que la echarás a perder! ¡Inténtalo desde abajo! Tira de la raíz hacia arriba, buen hombre..., ¿será posible? ¡Hacia arriba, no hacia abajo, diablos! ¡No remuevas las piernas!

Transcurren cinco minutos, diez... El patrón se impacienta.

—¡Vasili! —grita él, volviéndose hacia la finca—. ¡Vaska! ¡Que venga Vasili!

Vasili, el cochero, llega a toda prisa. Aparece masticando algo y respirando con dificultad.

—Métete en el agua —le ordena el patrón—, ayúdales a sacar una anguila... ¡No son capaces ni de atrapar una anguila!

Vasili se desviste rápidamente y se introduce en el agua.

—Ahora mismo, yo... —susurra él—. ¿Dónde está la anguila? Ya verás, ahora mismo... ¡Esto lo arreglamos en un instante! ¡Y tú, Yefim, márchate! ¡No se te ha perdido nada aquí, viejo, esto no es asunto tuyo! ¿Y esa anguila? Ya verás, ahora mismo... ¡Ahí está! ¡Echadle mano!

—¿Cómo que echadle mano? Ya sabemos nosotros solitos: ¡Echadle mano! ¡Tú sácala!

—¿Piensas sacarla así? ¡Hay que cogerla de la cabeza!

—¡Claro, pero la cabeza está bajo la raíz! ¡Ese es el problema, idiota!

—¡Bueno, no insultes, que va a volar! ¡Canalla!

—En presencia del patrón y con ese vocabulario... —murmulla Yefim—. ¡No vais a sacarla, amiguitos! ¡Ha sido muy hábil al meterse ahí!

—Esperad, ahora mismo yo... —dice el patrón y comienza a desnudarse precipitadamente—. ¡Vaya cuatro idiotas que no son capaces de atrapar una anguila!

Tras quitarse la ropa, Andréi Andréich se refresca y se mete en el agua. Sin embargo, su intervención tampoco conduce a nada positivo.

—¡Hay que darle un tajo a esa raíz! —decide finalmente Liubim—. ¡Guerásim, sal a por el hacha! ¡El hacha, vamos!

—¡No te cortes los dedos! —dice el patrón cuando comienza a escuchar los golpes sobre la raíz en el agua–. ¡Yefim, vete fuera de aquí! Esperad, voy a sacar la anguila... Vosotros no...

La raíz ya está vencida. Entonces, la quiebran con facilidad y Andréi Andréich, con gran placer, siente cómo sus dedos se introducen bajo las branquias de la anguila.

–¡La tengo, amigos! ¡Apartaos... aguantad... ya la saco!

Aparece en la superficie la enorme cabeza de la anguila y, a continuación, su negro cuerpo de un metro de longitud. La anguila agita pesadamente la cola y lucha por escaparse.

–Te revuelves... Eso sí que no, hermana. ¿Has caído, eh?

En los rostros de todos se esboza una sonrisa de complacencia. Transcurre un minuto en silenciosa contemplación.

–¡Admirable ejemplar! –balbucea Yefim, rascándose debajo de la clavícula–. Pesará... unos cinco kilos.

–Pssssí... –asiente el terrateniente–. Tiene el hígado bien hinchado. Se nota el bulto en el vientre.

La anguila, repentina e inesperadamente, hace un violento movimiento con la cola y, de inmediato, los pescadores escuchan un sonoro chapoteo... Todos extienden las manos pero... ya es tarde: la anguila ha desaparecido para siempre: vista y no vista.

LA NARIZ

Nikolái Gógol

I

El 25 de marzo tuvo lugar en San Petersburgo un insólito suceso. Un barbero de la avenida Voznesenski, Iván Yákovlevich (se desconoce su apellido, el cual se había borrado y nadie se había molestado en volver a grabar sobre el rótulo del señor con la mejilla enjabonada y la leyenda: «También se hacen sangrías»), el barbero Iván Yákovlevich, decía, se despertó bastante temprano y percibió el olor a pan caliente. Al incorporarse ligeramente en la cama, comprobó que su esposa, una dama bastante respetable a la que le encantaba beber café, sacaba del horno en ese preciso instante el pan recién horneado.

—Hoy yo, Praskovia Osipovna, no voy a tomar café —dijo Iván Yákovlevich—, me apetece más comerme un panecillo caliente con cebolla.

En realidad, Iván Yákovlevich hubiese preferido una y otra cosa, pero sabía que era absolutamente imposible exigir ambas a la vez, pues Praskovia Osipovna desaprobaba semejantes caprichos. «Que coma pan el idiota, mejor, así me quedará una taza más de café para mí», pensó su esposa al tiempo que arrojaba un pan sobre la mesa.

Iván Yákovlevich, por decencia, se puso el frac sobre la camisa y, una vez sentado a la mesa, echó la sal, preparó dos cabezas de cebolla, tomó un cuchillo y, con un gesto característico, comenzó a cortar el pan. Al partir el pan en dos mitades, dirigió la mirada al centro y, para su sorpresa, vio algo blanquecino. Iván Yákovlevich hurgó cuidadosamente con el cuchillo y, a continuación, palpó con el dedo.

«¡Está duro! —se dijo—, ¿qué será?». Hundió los dedos y sacó ¡una nariz!

Iván Yákovlevich se quedó anonadado y comenzó a frotarse los ojos y a toquetearla: ¡una nariz, una nariz auténtica! Pero es que, además, tenía la sensación de que la conocía de algo. El horror se dibujó en el rostro de Iván Yákovlevich. Sin embargo, ese horror no era nada frente a la indignación que se había apoderado de su esposa.

—¿A quién le has cortado esa nariz, animal? —empezó a gritar fuera de sí—. ¡Bribón! ¡Borracho! ¡Yo misma te entregaré a la policía! ¡Menudo bandido! A tres personas he oído decir que cuando afeitas tiras de tal modo de las narices que por poco no se desprenden.

Pero Iván Yákovlevich estaba ausente. Sabía perfectamente a quién pertenecía aquella nariz, y no era a otro que al asesor colegiado Kovaliov, a quien afeitaba cada miércoles y cada domingo.

—¡Espera, Praskovia Osipovna! La dejaré en un rincón envuelta en un trapo: que se quede allí un ratito, ya me la llevaré luego.

—¡Ni escucharte quiero! ¿Que consienta que haya en mi habitación una nariz cortada?... ¡Las cosas, en su sitio! ¡Dios mío, lo único que sabe hacer es pasar la navaja por la correa y, a este paso, pronto no estará ni en condiciones de hacerlo, pendón, miserable! ¡Que responda por ti ante la policía!... ¡Sí claro, precisamente por ti, pintamonas, cabeza de serrín! ¡Fuera de aquí! ¡Fuera! ¡Llévatela a donde quieras! ¡No quiero ni verla! Iván Yákovlevich permanecía de pie, como fulminado. Pensaba, pensaba, pero no se le ocurría nada.

—Tan solo el diablo puede saber cómo ha llegado a suceder esto —dijo finalmente mientras se rascaba una oreja con la mano—. No podría afirmar con seguridad si ayer regresé borracho o no. Pero, aun así, aquí hay gato encerrado, pues si bien el pan es tema de horno, en absoluto lo es una nariz. ¡No entiendo nada!...

Iván Yákovlevich se quedó en silencio. La idea de que la policía encontrara allí la nariz y le acusara estuvo a punto de provocarle un desmayo. Ya casi podía ver el cuello escarlata vistosamente bordado en plata, la espada..., mientras todo su cuerpo se estremecía. Finalmente, cogió su ropa interior y las botas, se puso todos esos harapos y, al compás de las severas exhortaciones de Praskovia Osipovna, envolvió la nariz en un trapo y salió a la calle.

Tenía intención de meterla en cualquier parte: tras un guardacantón, bajo una puerta o dejarla caer, así como por descuido, y torcer por el primer callejón. Pero, para desgracia suya, topaba a cada instante con algún conocido que, de inmediato, empezaba a interrogarle: «¿A dónde vas?» o «¿A quién tienes que afeitar tan temprano?», así que Iván Yákovlevich no pudo hallar la ocasión. Poco después, consiguió incluso dejarla caer pero, desde bien lejos, un centinela le hizo una señal con la alabarda, mientras le exhortaba: «¡Recoge eso! ¡Eso que se te ha caído!». E Iván Yákovlevich tuvo que recoger la nariz y esconderla en el bolsillo. La desesperación se fue apoderando de él conforme el gentío se multiplicaba incesantemente en la calle a medida que comenzaban a abrir las tiendas y los puestos.

Decidió ir al puente de San Isaac: ¿cómo no iba a encontrar allí el modo de arrojarla al Neva?... Pero ¡qué descuido!, soy sin duda culpable de no haberles proporcionado hasta ahora información alguna sobre Iván Yákovlevich, un hombre respetable en muchos sentidos.

Iván Yákovlevich, como todo comerciante ruso que se precie, era un borracho empedernido. Y, aunque cada día rasuraba los cuellos de los demás, el suyo propio no conocía la navaja. El frac de Iván Yákovlevich (Iván Yákovlevich nunca llevaba levita) era multicolor. Es decir, que era negro, aunque estaba completamente cubierto de lamparones marrones amarillentos y grises. El cuello brillaba y en el lugar donde otrora hubiera tres botones tan solo colgaban unos hilitos. Iván Yákovlevich era un gran cínico. Cada vez que afeitaba al asesor colegiado Kovaliov, este le decía:

«¡Iván Yákovlevich, no hay día que no te huelan mal las manos!», e Iván Yákovlevich siempre contestaba con la misma pregunta: «¿Y a qué huelen?». «No lo sé, hermanito, pero apestan», replicaba el asesor colegiado mientras Iván Yákovlevich, tras inhalar una dedada de tabaco, respondía al comentario enjabonándole el pómulo, la nariz, detrás de la oreja y el cuello, en una palabra, donde le daba la gana.

Nuestro respetable ciudadano se encontraba ya en el puente de San Isaac. Miró en derredor y, a continuación se inclinó sobre la barandilla, como si deseara contemplar las aguas —¿pasarán muchos peces?—, y arrojó disimuladamente el trapo con la nariz. Tuvo la sensación de haberse quitado un gran peso de encima. Iván Yákovlevich incluso sonrió. En lugar de irse a afeitar las barbillas de los funcionarios, se encaminó hacia un establecimiento anunciado con la inscripción «Comida y té» para pedir un vaso de ponche, cuando, de repente, en la cabecera del puente, descubrió la figura del inspector de distrito, un hombre de apariencia magnánima, con generosas patillas, sombrero triangular y espada. Le dio un vuelco el corazón cuando el inspector comenzó a señalarle con el dedo, diciendo:

—¡Acércate aquí, querido!

Iván Yákovlevich, conocedor de las ordenanzas, se quitó enseguida el gorro y, aproximándose con premura, dijo:

—¡Mis saludos, señoría! —¡No, no, hermanito, nada de señoría!

Dime qué hacías allí parado en el puente.

—Le juro, señor, que me dirigía a afeitar a un cliente y me detuve un instante para ver si había peces en el río.

—¡Mientes, mientes! Así no te escaparás.

¡Haz el favor de responder!

—Estaría encantado de afeitarle dos veces a la semana, tres si lo desea, absolutamente gratis —respondió Iván Yákovlevich.

—¡No, amigo, eso son disparates! A mí ya me afeitan tres barberos simplemente por el gran respeto que me profesan. ¿Vas a hacer el favor de aclararme qué estabas haciendo allí?

Iván Yákovlevich empalideció... En este instante, el suceso queda absolutamente velado por la niebla y desconocemos qué ocurrió a ciencia cierta.

II

El asesor colegiado Kovaliov se despertó bastante temprano e hizo con los labios: «brrr...» —costumbre que repetía cada mañana al despertar aunque ni él mismo podía explicar cuál era la causa de aquel comportamiento—. Kovaliov se desperezó y ordenó que le acercasen un pequeño espejo que estaba sobre la mesa. Quería mirarse un grano que la noche anterior le había salido en la nariz; ¡sin embargo, comprobó estupefacto que en lugar de nariz tenía un paraje completamente desértico! Asustado, Kovaliov ordenó que le trajesen agua y se frotó los ojos con una toalla. ¡En efecto, no estaba la nariz! Empezó a tocarse con la mano para convencerse de si estaba dormido o no. Al parecer, no estaba dormido. El asesor colegiado Kovaliov saltó de la cama y se sacudió la cabeza: «¡No está mi nariz!». De inmediato, dispuso que le trajesen su ropa y salió volando sin dilación en busca del prefecto de policía.

Pero antes resulta imprescindible mencionar algunas cosas sobre Kovaliov para que el lector tenga conocimiento de la verdadera naturaleza de este asesor colegiado. A los asesores colegiados que obtienen su nombramiento mediante certificados académicos en modo alguno es posible compararlos con aquellos asesores colegiados que se hicieron a sí mismos en el Cáucaso[1] . Constituyen dos clases completamente diferentes. Los asesores colegiados de academia... Cuidado: Rusia es una tierra tan peculiar que si te pronuncias sobre un asesor colegiado, todos los demás asesores colegiados, de Riga a Kamchatka, se darán por aludidos sin excepción. Claro que lo mismo ocurre con todos los títulos y nombramientos. Kovaliov era un asesor colegiado del Cáucaso. Ostentaba su cargo solo desde hacía dos años y, por eso, no lograba olvidarlo ni por un minuto y, para darse más señorío e importancia, nunca se denominaba a sí mismo asesor colegiado, sino mayor. «Escucha, tórtola —decía habitualmente cuando encontraba por la calle a alguna vieja vendiendo pecheras—, ve a verme a mi casa. Mi apartamento está en Sadóvaya. Simplemente pregunta: ¿Vive aquí el mayor Kovaliov? Cualquiera te indicará». Pero si se trataba de una joven hermosa, además le dejaba entrever un encargo secreto: «Pregunta, querida mía, por el apartamento del mayor Kovaliov». Por este motivo, de ahora en adelante le llamaremos mayor en lugar de asesor colegiado.

---

[1] *N. del T.* Los asesores colegiados del Cáucaso eran funcionarios cuyo cargo era equiparable al rango de mayor en la escala militar.

El mayor Kovaliov tenía la costumbre de salir cada día a pasear por la avenida Nevski. El cuello de su pechera lucía siempre inmaculado y bien almidonado. Sus patillas eran iguales a las que hoy día aún podemos ver en los rostros de los agrimensores provinciales y de distrito, los arquitectos y los médicos castrenses, y también en los de aquellos que ostentan diferentes cargos policiales y, en general, en los de todos aquellos hombres de voluminosas y sonrosadas mejillas que suelen jugar muy bien al *boston*[1]: patillas que atraviesan la mejilla prolongándose hasta la nariz. El mayor Kovaliov llevaba multitud de sellos de cornalina, unos con escudos y otros en los que habían grabado: miércoles, jueves, lunes, etcétera. El mayor Kovaliov llegó a San Petersburgo por necesidad, en concreto para buscar un puesto digno de su título: con suerte, de vicegobernador y, en caso contrario, de administrador en algún reputado despacho. El mayor Kovaliov no descartaba casarse, aunque solo en el supuesto de que a la novia la acompañara una dote de doscientos mil rublos. Así pues, ahora puede el lector hacerse una idea de la situación del mayor cuando vio en lugar de su nariz, bastante bonita y proporcionada, un paraje uniforme y desértico.

---

[1] *N. del T.* Juego de naipes nacido durante el asedio inglés a la ciudad de Boston durante la Guerra de la Independencia estadounidense.

Para acrecentar su infortunio, ni un solo cochero se dejó ver por la calle y tuvo que ir a pie, envuelto en su capa y ocultando su rostro con un pañuelo, de modo que parecía que sufriese una hemorragia. «Quizá lo he imaginado todo: una nariz no puede perderse así, de la noche a la mañana», pensó, deteniéndose en una pastelería con la intención de mirarse en el espejo. Por suerte, en la pastelería no había nadie; unos muchachos limpiaban los salones y colocaban las sillas. Algunos, con ojos somnolientos, habían sacado bandejas de pastelitos calientes. Sobre las mesas y las sillas yacían abandonados los periódicos de la víspera impregnados de café. «Bueno, gracias a Dios, no hay nadie —se dijo —, así podré mirarme». Se acercó temeroso al espejo y echó un vistazo. «¡Diablos, qué asquerosidad! —prorrumpió después de dejar escapar un escupitajo—, si al menos hubiese algo en el lugar de la nariz, pero así, ¡nada de nada!…».

Mordiéndose los labios con preocupación, salió de la pastelería y decidió, en contra de su costumbre, no mirar ni sonreír a nadie. De repente, se quedó pasmado junto a la puerta de una casa. Sus ojos acababan de ser testigos de un hecho inexplicable: ante la entrada había parado una carroza, se habían abierto las portezuelas y un señor de uniforme había saltado de ella doblando el espinazo y echado a correr escaleras arriba. ¡Qué horror y qué estupefacción experimentó Kovaliov al reconocer su propia nariz! Tras presenciar tan insólito espectáculo, tuvo la sensación de que todo giraba ante sus ojos. Sentía que apenas podía mantenerse en pie. Sin embargo, con los temblores propios de un estado febril, decidió, pasase lo que pasase, aguardar su regreso a la carroza. Y, efectivamente, dos minutos después la nariz salió. Vestía uniforme con bordados de oro y cuello alto, pantalones de ante y espada al costado. A juzgar por el sombrero con pluma, se podía deducir que ostentaba el rango de consejero civil. Era evidente que iba de visita a algún lugar. Miró a ambos lados y gritó al cochero:

«¡Arranca!», se sentó y partieron.

El pobre Kovaliov apenas tuvo tiempo de volver en sí. No sabía qué pensar de tan extraño suceso. ¡Cómo era posible que una nariz que, en efecto, hasta ayer lucía en su rostro, que no podía montar ni caminar, anduviese ahora por ahí de uniforme! Echó a correr tras la carroza, la cual, por fortuna, recorrió un breve trayecto antes de detenerse frente a la catedral de Kazán.

Apresuradamente, Kovaliov se abrió paso hacia la catedral entre un grupo de viejas indigentes, las mismas de las que tanto se había burlado porque llevaban los rostros completamente cubiertos de vendas salvo por dos orificios para los ojos, y entró en la iglesia. Había pocos feligreses en su interior. Estaban todos congregados a la entrada, junto a las puertas. Kovaliov se encontraba en tal estado de abatimiento que ni siquiera tuvo fuerzas para persignarse: buscaba con la mirada a aquel señor por todas las esquinas. Por fin, le vio allí de pie, a un lado. La nariz había ocultado por completo su rostro bajo su alto cuello y rezaba con devoción.

«¿Cómo podría acercarme a él? —pensaba Kovaliov—. A juzgar por las apariencias, el uniforme y el sombrero, es evidente que se trata de un consejero civil. ¡Cómo diablos podría hacerlo!».

Comenzó a toser a su alrededor, pero la nariz no abandonó ni por un minuto su actitud devota y seguía haciendo reverencias.

—Noble señor... —dijo Kovaliov, alentándose interiormente para darse ánimos—, noble señor...

—¿Qué se le ofrece? —respondió la nariz, dándose la vuelta.

—Me causa extrañeza, noble señor mío... Me parece... Usted debería conocer su sitio. Y, de repente, lo encuentro y... ¿dónde?, en la iglesia. Convendrá usted...

—Perdóneme, no alcanzo a comprender qué pretende decir... Explíquese.

«¿Cómo podría explicarlo?» pensó Kovaliov y, armándose de valor, comenzó:

—Bueno, yo..., yo, por otra parte, soy mayor. Ando sin nariz, y convendrá usted que eso es una indecencia. Una vendedora cualquiera de esas que despachan naranjas peladas en el puente Voskresenski puede sentarse allí sin nariz pero, teniendo en mente conseguir... Además, estando relacionado con damas de muchas casas: Chejtareva, la consejera civil, y tantas otras... Se hará usted cargo... no sé, noble señor. —En este punto, el mayor Kovaliov se encogió de hombros—: Disculpe..., analizándolo conforme a las reglas del deber y el honor..., usted mismo puede comprender...

—No comprendo absolutamente nada —respondió la nariz—. Explíquese mejor.

—Noble señor... —dijo Kovaliov adoptando actitud de dignidad—, no sé cómo tomar sus palabras... Las cartas están sobre la mesa, creo que está todo claro... Aunque si lo prefiere... Pues bien, ¡usted es mi propia nariz!

La nariz miró al mayor y frunció ligeramente las cejas.

—Está en un error, noble señor. Yo soy yo mismo. Además, no es posible que entre nosotros existan tan estrechas relaciones. A juzgar por los botones de su uniforme, usted debe servir en otra Administración.

Tras pronunciar estas palabras, la nariz volvió a girarse y continuó rezando.

Kovaliov quedó completamente confundido, sin saber qué hacer, ni siquiera qué pensar.

En ese preciso momento, se dejó oír el agradable sonido del traje de una dama. Hacia él se aproximaba una señora de avanzada edad, adornada con encajes, y, a su lado, una joven delgadita con un vestido blanco que resaltaba primorosamente su esbelto talle y un sombrero de paja, ligero como un pastelillo. Detrás de ellas se detuvo un espigado sirviente con amplias patillas y una docena entera de volantes en el cuello que, sin perder tiempo, abrió su tabaquera.

Kovaliov se acercó aun más, sacó el cuello de batista de la pechera, se recolocó los sellos que colgaban de su cadenita de oro y, sonriendo en todas direcciones, centró su atención en la delicada dama que, como una florecilla primaveral, se inclinaba ligeramente al arrimar a su frente una mano blanquita de dedos casi cristalinos. Creció aún más la sonrisa en el rostro de Kovaliov cuando este vislumbró bajo el sombrero su redondita barbilla de blancura deslumbrante y parte de una mejilla maquillada con el color de una rosa temprana de primavera. Pero, de repente, saltó a un lado, como si le hubiesen quemado. Había recordado que en lugar de nariz ya no tenía absolutamente nada, y las lágrimas brotaron de sus ojos. Se volvió con la intención de decirle sin tapujos al caballero del uniforme que se estaba haciendo pasar por consejero civil que era un farsante y un canalla, y que no era otra cosa que su propia nariz... Sin embargo, la nariz ya no estaba. Había salido corriendo, seguramente para ir de nuevo a visitar a alguien.

Ello sumió a Kovaliov en la desesperación. Volvió sobre sus pasos y se detuvo un minuto bajo una columnata, mirando concienzudamente a todas partes pero sin poder localizar la nariz. Recordaba muy bien que su sombrero estaba coronado por una pluma y que llevaba un uniforme con bordados dorados. No obstante, no había reparado en su capote, ni en el color de su carroza, ni de los caballos, ni tampoco si llevaba detrás lacayo y, en tal supuesto, cómo era su librea. Además, pasaba tal cantidad de carrozas para arriba y para abajo y a semejante velocidad que resultaba casi imposible reconocer a nadie. Y en el caso de que hubiese reconocido alguna de ellas, no hubiese tenido medios para detenerla. Era un día espléndido y soleado. Por la avenida Nevski se agitaba un sinfín de gente. Una verdadera cascada floral de damas se deslizaba a lo largo de toda la acera, desde el puente Politseisky[1] hasta el de Anichkov.

Por allí iba un conocido suyo, un consejero de la Administración a quien solía llamar

---

[1] *N. del T.* Puente sobre el Moika, llamado así por encontrarse junto a la casa del Jefe de Policía de la ciudad, Chicherin. Actualmente es conocido como puente Verde, su nombre original.

teniente coronel, principalmente si se encontraban entre extraños. Por allí pasaba Yarygin, jefe de sección en el Senado, gran amigo suyo, el cual siempre hacía malas jugadas en el *boston* cuando buscaba el ocho. Algunos pasos más allá, otro mayor, el cual había obtenido el cargo de asesor en el Cáucaso, le hacía señas con la mano para que se aproximara a él...

—¡Vete al diablo! —dijo Kovaliov—. ¡Eh, cochero, llévame directamente a ver al prefecto de policía!

Conforme Kovaliov se sentó en el *drozhki*[1], comenzó a gritar al cochero: «¡Vamos, a rienda suelta!».

—¿Está el prefecto de policía? —gritó al entrar en el edificio.

—No, ya no —replicó el portero—, acaba de marcharse.

—¡Qué mala suerte!

—Sí —añadió el portero—, porque no hace prácticamente nada que ha salido. Si hubiese llegado un minuto antes, seguro que le habría encontrado en casa.

Kovaliov, sin retirar el pañuelo de su rostro, se montó en el coche y gritó con voz desesperada:

—¡Vamos, se ha ido!

—¿A dónde? —dijo el cochero.

—¡Recto!

---

[1] *N. del T.* Coche ligero de cuatro ruedas.

—¿Cómo recto? Es una bifurcación: ¿a la derecha o a la izquierda?

Aquella pregunta hizo reaccionar a Kovaliov y le obligó a buscar una nueva salida. Sin duda, su situación le exigía apelar a la Dirección del Orden Público, no porque esta mantuviese una relación directa con la policía sino porque sus pesquisas podían ser mucho más ágiles que en otras instancias; buscar satisfacción ante las autoridades de la Administración de la que la nariz se había declarado funcionario sería descabellado, pues de las mismas respuestas de la nariz se podía adivinar que para aquel hombre no existía nada sagrado y, en tal caso, podía faltar a la verdad del mismo modo que ya lo había hecho al afirmar que él nunca le había visto con anterioridad. Así pues, Kovaliov estaba ya a punto de disponer que partiesen para la Dirección del Orden Público cuando, de nuevo, le asaltó la idea de que aquel farsante y estafador que había obrado durante su primer encuentro de modo tan deshonesto, podía tranquilamente valerse del tiempo ganado para, de alguna manera, largarse de la ciudad y, entonces, todas las pesquisas serían en balde o podrían prolongarse, ¡Dios santo!, durante todo un mes. Finalmente, el mismísimo cielo pareció hacerle entrar en razón. Decidió dirigirse directamente a una oficina de prensa y, sin demora, publicar una nota con la descripción detallada de todos sus rasgos característicos para que cualquiera que tropezase con él pudiese conducirlo de inmediato a su presencia o, al menos, proporcionarle información sobre el lugar del encuentro. Así pues, decidido esto, ordenó al cochero que le condujese a una oficina de prensa y, durante todo el camino, no dejó ni un instante de zurrarle con el puño en la espalda mientras decía: «¡Más deprisa, canalla, más deprisa, bribón!». «¡Eh, señor!» decía el cochero, sacudiendo la cabeza mientras azotaba con la fusta a un caballo con el pelo tan largo como el de un perro de lanas. El drozhki por fin se detuvo y Kovaliov entró corriendo y jadeando en una pequeña sala destinada al público en donde un oficinista encanecido, ataviado con un viejo frac y anteojos, permanecía sentado a la mesa mientras sujetaba su pluma con los dientes y contaba las monedas de cobre recaudadas.

—¿Quién se encarga aquí de los anuncios? —gritó Kovaliov—. ¡Hola!

—Mis respetos —dijo el oficinista canoso, levantando un segundo la vista para, de inmediato, volverla a posar sobre las ordenadas pilas de dinero.

—Deseo publicar...

—Disculpe. Le ruego que aguarde un poquito —le interrumpió el oficinista anotando con una de sus manos una cifra sobre un papel al tiempo que movía con los dedos de su mano izquierda dos cuentas del ábaco. Un lacayo con galones y aspecto de servir en una casa de la aristocracia que aguantaba en pie junto al mostrador con una nota entre sus manos consideró apropiado evidenciar sus dotes sociales:

—Crea usted, señor, que el perrucho no vale ocho grivnas[1] y, por supuesto, yo no daría por él ni ocho groshes[2]. Sin embargo, la condesa lo adora y, fíjese, a quien lo encuentre ¡le dará cien rublos! Honradamente, así entre nosotros, tengo que decirle que los gustos de las personas no dejan de ser de lo más extravagantes. Es comprensible que, si eres cazador, quieras recuperar un perro de muestra o un perro maltés y no sufras por quinientos o que llegues a dar mil, pues sabes que lo haces por un buen perro.

El decoroso oficinista, sin abandonar sus cuentas, le escuchaba con muestras de curiosidad: cuántas letras tiene este anuncio. Por todas partes había multitud de viejas, dependientes de distintos negocios y porteros con sus anuncios. En uno ponía que se ofrecían los servicios de un cochero abstemio; en otro, un cochecito apenas usado importado en 1814 de París; también se ofrecía muchacha dispuesta de diecinueve años, experta en coladas, para tareas

---

[1] *N. del T.* Moneda habitualmente acuñada en plata que equivalía a diez kopeks.

[2] *N. del T.* Moneda de medio kopek.

domésticas y toda clase de trabajos; una calesa resistente sin un resorte; y un joven caballo fogoso con manchas grises, de diecisiete años de edad; semillas nuevas de nabo y rabanillo recién traídas de Londres; una dacha con mucho terreno: dos establos para los caballos y espacio para plantar un excelente jardín de abedules o de abetos; también había una invitación para aquellos que deseasen comprar suelas viejas, para lo que podían presentarse en el mercadillo cada día de ocho a tres de la mañana. La sala en la que se agolpaba toda esta cofradía era pequeña y el aire estaba completamente viciado. No obstante, el asesor colegiado Kovaliov no podía percibir el olor porque se había cubierto con un pañuelo y porque sabe Dios cuál sería el paradero de su nariz.

—Noble señor, permita que le interrumpa... Me es muy urgente —dijo al fin con impaciencia.

—¡Ahora mismo, ahora mismo! ¡Dos rublos con cuarenta y tres kopeks! ¡Un minuto! ¡Un rublo con sesenta y cuatro kopeks! —decía el señor del cabello encanecido mientras arrojaba a la cara de las viejas y los porteros sus respectivos anuncios—. ¿Qué desea usted? —dijo al fin dirigiéndose a Kovaliov.

—Yo quiero... —dijo Kovaliov—, he sido víctima de una bribonada o un fraude, aún no he conseguido saber qué es lo que me han hecho.

Yo quiero solamente que publiquen que aquel que me traiga a ese canalla, recibirá una generosa recompensa.

—Permita que le pregunte, ¿cuál es su apellido?

—No, ¿para qué precisa mi apellido? No puedo decírselo. Tengo muchos conocidos: Chejtareva, la consejera civil, Palagueia Grigórievna Podtóchina, oficiala del Estado Mayor... Si me reconociesen, ¡Dios me guarde! Puede poner simplemente: asesor colegiado o, aún mejor, alguien que ostenta el grado de mayor.

—¿Y quién se ha escapado, alguien de su servicio?

—¿Cómo alguien de mi servicio? ¡Eso no sería un agravio tan deshonroso! Se me ha escapado... la nariz...

—¡Hum! ¡Qué apellido tan extraño! ¿Y qué importante suma le ha robado este señor Nariz?

—La nariz es de lo que se trata... ¡No está comprendiendo! La nariz, mi propia nariz se ha largado sin dar noticias. ¡El diablo quería burlarse de mí!

—¿Y cómo se ha largado? No acierto a entender del todo.

—Mire, yo no puedo decirle cómo, ahora bien, lo fundamental es que, en este preciso instante, está recorriendo la ciudad haciéndose pasar por un consejero civil. Es por esto que le ruego que acepte mi anuncio y, de ese modo, quien la atrape pueda urgentemente conducirla a mi presencia a la mayor brevedad posible. Sin duda, usted se hace cargo, ¿cómo voy a estar sin una parte tan visible del cuerpo? No se trata del dedo meñique del pie, el cual podría ocultar en la bota para que nadie lo viese en el caso de que me faltase. Yo acudo cada jueves a casa de Chejtareva, la consejera civil; Podtóchina Palagueia Grigórievna, oficiala del Estado Mayor, y su linda hija, también son buenas conocidas mías y, usted se hará cargo de que yo en este estado... En este estado no puedo presentarme ante ellas.

El oficinista meditaba, lo que equivalía a que sus labios se apretasen con fuerza.

—No, no puedo poner un anuncio así en los periódicos —dijo él tras un prolongado silencio.

—¿Cómo? ¿Por qué?

—Porque así es. El periódico puede perder su reputación. Si cualquiera puede venir a publicar que se le ha escapado la nariz, pues... Sin ser así, ya se dice que se imprimen muchas incongruencias y rumores infundados.

—¿Y qué tiene este asunto de incongruente? No veo nada de ello en este caso.

—A usted le parece que no. Pero, sin ir más lejos, la semana pasada pasó lo siguiente. Llegó aquí un burócrata que, del mismo modo que se ha presentado usted, traía un texto, pagó su cuenta de dos rublos y setenta y tres kopeks y, todo eso, para un aviso que consistía en que se le había escapado un perro maltés de pelo negro. ¿Piensa que todo acabó ahí? Pues publicamos un libelo: el perro maltés en cuestión era el tesorero de no recuerdo qué establecimiento.

—Sí, conforme, pero yo no estoy redactando ningún anuncio sobre un perro maltés, sino sobre mi propia nariz: así que es casi lo mismo que si lo hiciese sobre mí.

—No, en modo alguno puedo incluir un anuncio como ese.

—¿Incluso siendo absolutamente cierto que se me ha escapado la nariz?

—Si realmente se le ha escapado, es un asunto médico. Dicen que hay médicos que pueden poner una nariz con gran destreza. Pero, además, tengo la sensación de que usted debe ser una persona de alegre talante que gusta de bromear en sociedad.

—¡Se lo juro a usted, por Dios santísimo! Quizá, si ya hemos llegado hasta aquí, podría demostrárselo.

—¡Para qué molestarse! —proseguía el oficinista mientras aspiraba tabaco—. Aunque, por otra parte, si no le incomoda —añadió con gesto de curiosidad—, gustoso echaría un vistazo.

El asesor colegiado retiró el pañuelo de su rostro.

—¡En efecto, es extraordinariamente asombroso! —dijo el oficinista—, el lugar está completamente liso, como un blinis recién hecho. ¡Sí, está tan plano que parece increíble!

—Y bien, ¿va usted a seguir discutiendo? Ya ha visto usted por sí mismo que es imposible eludir su publicación. Yo le estaré particularmente agradecido, y muy contento de que esta circunstancia me haya proporcionado el placer de conocerle...

Según se desprende de las palabras del mayor, decidió en esta ocasión lisonjear al oficinista.

—Su publicación, claro, es ya un tema secundario —dijo el oficinista— y yo no le auguro con ello nada de provecho. Si es su verdadera intención, déselo a alguien que tenga una pluma hábil para describirlo como un extraño suceso y publicar el artículo en La abeja del Norte —inhaló un poco más de tabaco— para beneficio de la juventud —se secó entonces la nariz— o como simple curiosidad. El asesor colegiado quedó absolutamente frustrado. Posó la mirada en la parte inferior de un periódico, sobre la sección de espectáculos, y, al descubrir el nombre de una actriz de su gusto, casi logra esbozar una sonrisa: se echó mano al bolsillo para comprobar si llevaba un billete de cinco rublos , pues los oficiales del Estado Mayor, en opinión de Kovaliov, debían sentarse en el patio de butacas. ¡Sin embargo, el recuerdo de la nariz lo frustró todo!

También el oficinista parecía compadecerse de la engorrosa situación de Kovaliov. Con la intención de aliviar en cierta medida su aflicción, consideró apropiado dedicarle algunas palabras de aliento:

—Me parece realmente lamentable lo que le ha sucedido. ¿No le vendría bien aspirar un poco de tabaco? Acaba con los dolores de cabeza y la tristeza de espíritu. Incluso va bien para las hemorroides.

Diciendo esto, el oficinista le acercó con bastante destreza la tabaquera, colocando bajo ella la tapa con el retrato de una señora con sombrero.

Este acto instintivo sacó de quicio a Kovaliov.

—No comprendo cómo puede tener ganas de bromas —dijo él de corazón—, ¿acaso no ve que carezco de eso precisamente con lo que tendría que aspirar? ¡Que el diablo se tome su tabaco! Ya no puedo ni mirarlo, y no solo su patético Berezinski[1] , no podría ni aunque me ofreciera verdadero rapé.

Tras pronunciar estas palabras, salió profundamente enojado de la oficina de prensa y puso rumbo a casa del comisario especial de policía, apasionado amante del azúcar. La antesala

---

[1] *N. del T.* Marca de tabaco.

de su domicilio, que también se usaba como comedor, estaba invadida por montañas de azúcar que le traían algunos comerciantes en señal de amistad. La cocinera, en aquel preciso momento, le estaba quitando al comisario las botas de montar de su uniforme. La espada y la coraza ya pendían plácidamente de alguna esquina mientras que su hijito de tres años se encargaba del temido sombrero triangular. Así pues, después de la mortificante jornada de batalla, se preparaba para degustar los placeres mundanos. Kovaliov entró en su casa en el preciso instante en que este se acababa de tumbar y, graznando, decía: «¡Ah, voy a dormir dos horitas en la gloria!». De estas palabras se podía deducir que la llegada del asesor colegiado había sido completamente inoportuna. Dudo que hubiera sido recibido con mayor cordialidad si le hubiese llevado algunas libras de té o de paño. El comisario era un gran admirador de todas las artesanías y productos manufacturados, pero lo que prefería por encima de todo era el papel moneda. «Sin duda —solía decir él—, no hay nada mejor: no pide de comer, apenas ocupa lugar, siempre cabe en el bolsillo y, si se cae, no se rompe». El comisario recibió con bastante sequedad a Kovaliov y le aclaró que esas no eran horas de instruir causa alguna, que la propia naturaleza imponía, una vez se había comido, un poco de descanso (de este modo el asesor colegiado pudo comprobar que el comisario especial de policía conocía perfectamente las sentencias de los sabios de la Antigüedad), que un hombre honrado no se desprendía de su nariz y que había en el mundo muchos mayores que ni siquiera tenían ropa interior decorosa y deambulaban por toda clase de lugares impúdicos.

¡Entre ceja y ceja! Es preciso advertir que Kovaliov era un hombre extraordinariamente susceptible. Era capaz de disculpar todo cuanto le atañese a él mismo pero de ninguna manera perdonaría lo que se refiriese al cargo o al título. Pensaba incluso que en las obras de teatro se podía permitir todo lo referente a los oficiales pero bajo ningún concepto se debía arremeter contra los oficiales del Estado Mayor. La acogida del comisario le dejó tan desconcertado que meneó la cabeza y dijo en tono digno al tiempo que estiraba ligeramente los brazos:

—Confieso que, después de unos comentarios tan ofensivos por su parte, me veo incapaz de añadir nada más… —y salió.

Llegó a casa apenas escuchando los pasos bajo sus pies. Era ya la hora del crepúsculo. Su apartamento le pareció triste y particularmente desagradable después de todas aquellas pesquisas fallidas. Al subir a la antesala, vio en el sofá de cuero manchado a su lacayo Iván, quien, tumbado boca arriba, escupía contra el techo logrando dar con bastante acierto una y otra vez en el mismo punto. La indolencia de aquel hombre le enfureció. Le sacudió con su sombrero en la frente, agregando:

—¡Tú, cerdo, siempre estás ocupado con tonterías!

Iván abandonó de un saltó su posición y corrió a quitarle la capa.

Al entrar en su habitación, el mayor, cansado y abatido, se dejó caer sobre un sillón y, finalmente, transcurridos algunos suspiros, dijo:

—¡Dios mío! ¡Dios mío! ¿Es que merezco semejante desgracia? Si me hubiese quedado sin un brazo o una pierna, no sería tan malo. Si hubiesen sido las orejas, sería terrible aunque llevadero. Pero sin nariz no se sabe lo que es una persona: pájaro no es, ciudadano tampoco, ¡es para coger y tirarse por la ventana! Si al menos me la hubiesen amputado en la guerra o en un duelo, o si yo mismo fuese el responsable... Pero se ha largado así, sin ton ni son, se ha largado por las buenas, ¡sin pedir nada a cambio!... ¡Que no, no puede ser! —añadió tras reflexionar brevemente—. Es inconcebible que se haya largado mi nariz. Por supuesto que es inconcebible. Seguro que lo he soñado o, sencillamente, me lo he imaginado. Quizá, por error, bebí en lugar de agua el vodka que uso para tonificar la barba después de afeitarme. El imbécil de Iván no lo retiró y, sin duda, me lo tomé.

Para asegurarse realmente de que no estaba borracho, el mayor se pellizcó con tanta violencia que llegó a gritar. El dolor le confirmó que podía sentir y que, efectivamente, estaba despierto. Se aproximó sigilosamente al espejo con los ojos entornados y el deseo de que la nariz se encontrara en su lugar pero, al instante, se echó a un lado, diciendo:

—¡Qué aspecto tan repugnante!

Todo resultaba absolutamente incomprensible. Si se hubiese perdido un botón, una cucharita de plata, un reloj o algo parecido, pero ¿quién podía perder una nariz, quién podía perderla? ¡Y, además, en su propio apartamento!... El mayor Kovaliov, tras examinar todas las circunstancias, llegó a la conclusión de que seguramente la culpable de todo aquello había sido Podtóchina, la oficiala del Estado Mayor, puesto que esta deseaba casarlo con su hija. A él le gustaba cortejarla, pero eludía el compromiso definitivo. Cuando la oficial del Estado Mayor le declaró abiertamente que deseaba desposarla con él, Kovaliov se desentendió del asunto con su acostumbrada sutileza, alegando que era demasiado joven, que necesitaba servir cinco añitos más hasta que cumpliera exactamente los cuarenta y dos años. Y, sin duda, por eso la oficiala del Estado Mayor, con ánimo de venganza, había decidido fastidiarle y había acudido a alguna vieja bruja, pues lo que resultaba incuestionable era que no le habían cortado la nariz. Nadie había entrado en su habitación, y el barbero Iván Yákovlevich le había afeitado el miércoles y, tanto el resto del miércoles como durante todo el día del jueves había conservado entera la nariz —lo recordaba, lo sabía muy bien—. Además, el dolor habría sido espantoso y, sin duda, la herida no podría haber cicatrizado tan rápidamente y quedar tan plana como un blinis. Iba trazando planes en su cabeza: denunciar a la oficiala del Estado Mayor por los cauces judiciales habituales o presentarse en su casa y sonsacarla. Sus reflexiones fueron interrumpidas por una luz que penetraba a través de todas las rendijas de la puerta, de lo que dedujo que Iván ya había encendido una vela en la antesala. Inmediatamente, apareció el mismo Iván con ella en la mano iluminando cada rincón de la habitación. El primer impulso de Kovaliov fue asir el pañuelo y ocultar el lugar donde hasta ayer mismo conservaba su nariz para, de ese modo, impedir que su estúpido sirviente se quedara con la boca abierta al ver semejante anomalía en el rostro de su señor.

No había tenido tiempo Iván de marcharse a su leonera cuando se escuchó en la antesala una voz desconocida que decía:

—¿Vive aquí el asesor colegiado Kovaliov?

—¡Entre! Soy el mayor Kovaliov —dijo Kovaliov levantándose de un salto y abriendo la puerta.

Entró un funcionario de policía con buena apariencia, patillas no demasiado claras, tampoco morenas, y mejillas rebosantes, aquel mismo que al comienzo de nuestro relato estaba en la cabecera del puente de San Isaac.

—¿Se ha permitido usted perder la nariz?

—Exactamente.

—Acaba de ser hallada.

—¿Qué está diciendo? —gritó el mayor Kovaliov. La alegría le había paralizado la lengua. Miraba al inspector de distrito de labios y mejillas carnosos, de pie frente a él, iluminado por la trémula luz de la vela—. ¿Cómo?

—De un modo extraño: la interceptaron a punto de fugarse. Estaba sentada en una diligencia. Quería marcharse a Riga. Su pasaporte había sido expedido hacía ya tiempo a nombre de un funcionario. Pero lo extraño es que yo mismo, en un primer momento, la tomé por un caballero. Sin embargo, afortunadamente, llevaba los anteojos y, enseguida, me di cuenta de que se trataba de una nariz. Sepa que soy miope, y si se pone usted justo delante de mí, solamente vería su cara, no distinguiría ni una nariz, ni una barbilla, ni nada. Mi suegra, es decir, la madre de mi mujer, tampoco ve nada.

Kovaliov estaba fuera de sí.

—¿Dónde está? ¿Dónde? Salgo corriendo ahora mismo.

—No se preocupe. Yo, imaginando que la necesitaría, la he traído conmigo. Y lo más extraño es que el principal implicado en este asunto es un barbero estafador de la calle Voznesenski, que está ahora en comisaría. Hace mucho que sospechaba de él por borracho y ladrón, y anteayer mismo escamoteó una docena de botones en un puestecillo. Su nariz está en el mismo estado en que la dejó. Diciendo esto, el inspector de distrito metió la mano en el bolsillo y sacó de allí la nariz envuelta en un papelito.

—¡Sí, es ella! —gritó Kovaliov—. ¡Sin duda, es ella! Tómese conmigo una tacita de té.

—Es usted muy amable pero me es imposible: tengo que pasar por la penitenciaria... El precio de todos los alimentos ha subido mucho... Tengo en casa suegra, es decir, la madre de mi mujer, e hijos. El mayor, en particular, despierta grandes esperanzas: un muchacho muy inteligente, pero carezco absolutamente de medios para ofrecerle una educación...

Kovaliov adivinó y, tras coger de la mesa un billete de diez rublos , se lo puso en las manos al inspector. Este se despidió con una reverencia, salió por la puerta y, al momento, Kovaliov escuchó su voz en la calle, gritando a un estúpido campesino que había estacionado la carreta encima del bulevar.

Tras la salida del inspector de distrito, el asesor colegiado quedó conmocionado durante algunos minutos aunque, apenas transcurridos unos instantes, recuperó la capacidad de ver y sentir: la súbita felicidad le había provocado semejante desmayo. Cogió afanosamente la nariz recién recuperada formando un cuenquito con ambas manos y la examinó una vez más con atención.

—¡Sí, es ella, sin duda, es ella! —decía el mayor Kovaliov—. Aquí, en el lado izquierdo, está el grano que me salió ayer.

El mayor estuvo a punto de echarse a reír de alegría.

Pero no existe en el mundo nada duradero y, por eso, dos minutos más tarde ese sentimiento de alegría no era ya tan vivo; a los tres minutos se había apagado aún más y, finalmente, se diluyó imperceptiblemente en el estado habitual del alma, como en el agua se diluye sobre su serena superficie el círculo formado por la caída de una piedra.

Kovaliov comenzó a reflexionar y comprendió que el problema no había terminado: había aparecido la nariz, pero era preciso pegarla, volver a ponerla en su sitio.

—¿Y si no se pega?

Al hacerse esa pregunta, el mayor palideció.

Con un sentimiento indefinible de pavor se abalanzó sobre la mesa y atrajo hacia sí el espejo para evitar ponerse la nariz torcida. Sus manos temblaban. Con cuidado y precisión la colocó en su lugar de siempre.

¡Oh, horror! ¡La nariz no se pegaba!... Se la aproximó a la boca, la calentó ligeramente con su aliento y la llevó, de nuevo, al desértico paraje que tenía entre sus dos mejillas. Sin embargo, la nariz no se agarraba bajo ningún concepto.

—¡Vamos! ¡Vamos, ya! ¡Sujétate, tonta! — le decía él. Pero la nariz parecía que fuera de madera y caía sobre la mesa con un extraño sonido, como si se tratara de un corcho.

El rostro del mayor se contrajo convulsivamente.

—¿Es posible que no vaya a adherirse? — dijo él asustado. Y, por más veces que la llevó hasta el sitio que le correspondía, cada uno de los intentos, al igual que el precedente, resultó improductivo.

Llamó a gritos a Iván y le envió a buscar al doctor, el cual vivía en el entresuelo de su edificio, en el mejor apartamento. El doctor era un hombre de buena presencia, tenía unas bonitas patillas color azabache, una doctorcita lozana y vigorosa y, por las mañanas comía manzanas frescas y cuidaba su boca con una higiene desacostumbrada, enjuagándose cada mañana durante casi tres cuartos de hora y cepillándose los dientes con cinco tipos diferentes de cepillos. El doctor apareció al minuto. Tras preguntar hacía cuánto había sucedido el infortunio, arrastró hacia sí al mayor Kovaliov de la barbilla y le propinó un golpe con el pulgar justo en el sitio donde anteriormente estaba la nariz, de modo que el mayor tuvo que echar la cabeza hacia atrás con tal fuerza que se golpeó la nuca contra la pared.

El médico dijo que no era nada y, aconsejándole que se separara un poco de la pared, le ordenó, primero, girar la cabeza hacia el lado derecho y, tras palpar el lugar donde antes se encontraba la nariz, dijo:

«¡Hum!» A continuación, le ordenó girar la cabeza hacia el lado izquierdo y dijo:

«¡Hum!» y, como remate, le dio un nuevo golpe con el pulgar, de modo que el mayor Kovaliov estiró la cabeza como un caballo al que le están examinando los dientes. Una vez realizadas todas estas pruebas, el médico meneó la cabeza y dijo:

—No, no es posible. Será mejor para usted dejarlo así porque, si no, cabe la posibilidad de que quede aún peor. Ahora bien, es posible pegarla. Quizá yo mismo podría pegársela ahora, pero le aseguro que sería peor para usted.

—¡Pero bueno! ¿Cómo voy a quedarme sin nariz? —dijo Kovaliov—. Peor que ahora ya no puede ser. ¡Cómo va a ser peor! ¿Dónde me voy a presentar con este aspecto? Tengo importantes conocidos. Hoy mismo estoy invitado a dos veladas en sendas casas. Muchos me conocen: la consejera civil Chejtareva, Podtóchina, oficiala del Estado Mayor..., aunque después de su reciente actitud ya no tengo nada que tratar con ella salvo a través de la policía. Hágame ese favor —le pidió Kovaliov en tono suplicante—, ¿no existe algún medio? Péguela como sea; aunque no sea muy bien, lo justo como para que se sostenga. No me importaría tener que sujetarla un poquito en las situaciones comprometidas. Además, no bailo, así que puedo evitar dañarla con algún movimiento imprevisto. En cuanto a lo que se refiere a sus honorarios en agradecimiento a su visita, esté seguro de que cuánto mis medios me permitan...

—Créame —dijo el doctor en tono ni fuerte ni bajo aunque extraordinariamente convincente y magnético—, yo nunca he trabajado por interés. Sería contrario a mis principios y a mis conocimientos. Sí, es cierto que cobro por las visitas, pero únicamente lo justo para no ofender con mi negativa. Por supuesto que podría pegarle la nariz, pero le aseguro por mi honor, puesto que no confía en mi palabra, que sería mucho peor para usted. Deje actuar a la naturaleza. Lávese más a menudo con agua fría y le aseguro que, aun sin la nariz, estará tan sano como si la tuviese. Respecto a la nariz, le aconsejo que la ponga en un tarro con alcohol o, todavía mejor, échele dos cucharaditas soperas de un vodka de alta graduación y vinagre caliente y así le podrá sacar un dinero honrado. Yo mismo la adquiriría, siempre que usted no elevase demasiado sus pretensiones.

—¡No, no! ¡Por nada la vendería! —gritó el mayor Kovaliov desesperado—, ¡prefiero que se pudra!

—¡Disculpe! —dijo el doctor, despidiéndose—, yo solo quería serle útil... ¡Qué se le va a hacer!... Al menos, ha sido usted testigo de mis esfuerzos.

Pronunciando estas palabras, el doctor salió de la habitación con aire de generosidad. Kovaliov no reparó en su rostro pues, sumido en una profunda apatía, solamente vio los puños de su camisa blanca y limpia como la nieve que asomaban por las mangas de su frac negro.

Al día siguiente, antes de presentar la denuncia, decidió escribir a la oficiala del Estado Mayor por si se aprestaba a devolverle por las buenas lo que le debía.

El tenor de la carta era el siguiente:

Querida señora Alexandra Grigórievna:

No alcanzo a comprender su extraño proceder. Puede estar segura de que, obrando de tal forma, no ganará nada y, por supuesto, no me forzará a casarme con su hija. Sepa que conozco de sobra la historia de mi nariz, del mismo modo que sé que es usted, y no otro, la principal responsable de todo. Su repentina desaparición, huida y enmascaramiento, primero bajo el aspecto de un funcionario y, finalmente, bajo su propio aspecto, no son otra cosa que actos de brujería cometidos por usted o por aquellos que se ejercitan en esas nobles artes tan semejantes a las suyas. Yo, por mi parte, considero una deuda de honor advertirle que si la nariz en cuestión no estuviese hoy en su sitio, me veré obligado a recurrir a la defensa y protección de las leyes.

Por lo demás, tengo el honor de remitirle mis íntegras muestras de respeto. Su atento servidor

Platón Kovaliov

Querido señor Platón Kuzmich:
Me ha sorprendido extraordinariamente su carta. Le confieso con franqueza que en absoluto la esperaba y, menos, sus inmotivadas acusaciones. Le adelanto que nunca he recibido en mi casa al funcionario que usted menciona, ni disfrazado ni bajo su verdadero aspecto. Suele venir a visitarme, cierto, Filip Ivánovich Potanchikov. Y aunque él, claro está, pretendía la

mano de mi hija haciendo gala de unos modales intachables, sobriedad y gran sabiduría, sin embargo, nunca le he dado esperanza alguna. También se refiere usted a una nariz. Si con ello quiere decir que he pretendido darle a usted en las narices, es decir, hacerle llegar una negativa formal, me sorprende que se exprese en estos términos, ya que mi intención, como usted bien sabe, era completamente diferente y, si lo que pretende ahora es pedir como Dios manda la mano de mi hija, estoy dispuesta a satisfacerle en este mismo momento, pues este ha sido siempre mi más anhelado deseo. Con la esperanza de quedar siempre a su disposición,

Aleksandra Podtóchina

«No —se dijo Kovaliov después de leer la carta—. Ella no es la responsable. No puede ser. Una carta como esta no puede haberla escrito una persona culpable de un crimen». El asesor colegiado era un experto en estas lides, pues en más de una ocasión había sido enviado a instruir algún que otro caso en la región del Cáucaso. «¿Cómo, cuál será el propósito de todo esto? ¡Solo el diablo lo sabe!» dijo él finalmente, descorazonado.

Mientras tanto, los rumores de este extraordinario suceso se difundieron por toda la capital y, como corresponde, no sin aditamentos particulares. Por aquel entonces, las mentes de todos estaban especialmente interesadas en lo extraordinario: hacía bien poco que los experimentos sobre la acción del magnetismo habían cautivado al público. Además, la historia de las sillas danzantes de la calle Koniúshennaya estaba todavía reciente y, por eso, no hay que asombrarse de que se comenzara a comentar con tanta presteza que la nariz del asesor colegiado Kovaliov se paseaba, exactamente a las tres, por la avenida Nevski. Multitud de curiosos se congregaba cada día. Alguien dijo que la nariz solía ser vista en la tienda Yunker y, entonces, frente a ella se daba cita tal gentío que debía acudir la policía para disolver la aglomeración. Un negociante de aspecto respetable, un tipo con patillas que vendía a la entrada del teatro gran variedad de pastelillos secos, construyó para la ocasión unos hermosos y sólidos bancos de madera que invitaba a ocupar a los curiosos a cambio de ochenta kopeks. Un coronel emérito salió antes de su casa con el único propósito de presenciar aquello y, a duras penas, se abrió paso a través de la multitud. Sin embargo, con gran indignación comprobó que en el escaparate de la tienda, en lugar de una nariz, había una vulgar camiseta de lana y una estampa litografiada con la imagen de una muchacha remendando una media mientras un petimetre con chaleco solapado y barbita la contemplaba desde detrás de un árbol, estampa, por otra parte, que llevaba colgada en el mismo sitio más de diez años. Al alejarse, dijo con tristeza: «¿Cómo es posible que el pueblo se deje confundir por rumores tan tontos e inverosímiles?».

Después, se extendió el rumor de que la nariz del mayor Kovaliov no paseaba por la avenida Nevski, sino por el jardín Tavricheski, que se encontraba ahí desde hacía mucho tiempo, tanto que cuando aún vivía allí Jozrev-Mirza[1] este quedó impresionado por aquel extraño capricho de la naturaleza. Y hacia allá se encaminaron algunos estudiantes de la Academia de Cirugía. Una importante y respetable señora solicitó mediante una carta dirigida al celador del jardín que mostrase a sus hijos aquel raro fenómeno y, a ser posible, con una explicación educativa y edificante para los jóvenes.

Todos los asistentes habituales de las veladas, personajes frívolos que gustaban de hacer reír a las damas pero que habían agotado ya por completo su repertorio, estaban contentísimos con los nuevos acontecimientos. Solo un pequeño número de personas respetables y bien intencionadas mostraba especial descontento. Un señor llegó a comentar indignado que no

---

[1] *N. del T.* Príncipe persa que encabezó una embajada a San Petersburgo en 1829.

comprendía cómo en nuestro ilustrado siglo podían difundirse tan ridículas invenciones y que le sorprendía que el Estado no prestara atención a tales sucesos. Este señor, evidentemente, pertenecía a ese grupo de personas que desearía que el Estado se inmiscuyera en todo, incluso en las riñas diarias con sus mujeres. Tras esto… pero ahora de nuevo el suceso queda absolutamente velado por la niebla y desconocemos qué ocurrió después.

III

En el mundo tienen lugar auténticos disparates. A veces estos carecen por completo de verosimilitud: de repente, esa misma nariz que deambulaba por ahí ostentando el cargo de consejero civil y había ocasionado tal revuelo en la ciudad, apareció sin ton ni son de nuevo en su sitio, es decir, justo entre las dos mejillas del mayor Kovaliov. Esto ocurrió el 7 de abril. Al despertar, se miró con desgana en el espejo y vio… ¡la nariz! — la cogió con su mano—, ¡sí, la nariz! «¡Já!», dijo Kovaliov embargado por la alegría y a punto de arrancarse a patalear descalzo por toda la habitación. Sin embargo, la irrupción de Iván se lo impidió. Ordenó que le trajeran inmediatamente la palangana para asearse y, mientras se lavaba, se miró una vez más en el espejo: «¡Mi nariz!». Mientras se secaba con una toalla volvió de nuevo a mirarse en el espejo: «¡Mi nariz!».

—Iván, mira, parece como si me hubiese salido un grano en la nariz —dijo él, pensando: «¡Qué desgracia como Iván diga: pues no, señor, no solo no hay grano, sino que tampoco hay nariz!».

Sin embargo, Iván dijo:

—Nada, ni rastro de granos: ¡una nariz inmaculada!

«¡Bien, qué diablos!», se dijo el mayor chasqueando los dedos. En ese instante, se asomó por la puerta el barbero Iván Yákovlevich, tan receloso como un gato al que acaban de zurrar por robar tocino.

—Primero dime: ¿tienes las manos limpias? —le gritó desde lejos Kovaliov.

—Están limpias.

—¡Mientes!

—Por Dios, señor, están limpias.

—¡Cuidado, eh!

Kovaliov se sentó. Iván Yákovlevich le cubrió con un paño y, en un segundo, con ayuda de su brocha le embadurnó toda la barba y parte de los pómulos con la crema que regalan en las onomásticas de los comerciantes.

«¡Está ahí!», se dijo a sí mismo Iván Yákovlevich contemplando la nariz y, acto seguido, giró la cabeza hacia el lado contrario siguiéndola de soslayo con la mirada. «¡Ahí esta! ¡Es ella, sin duda! ¿Qué te parece?», proseguía, mirando detenidamente la nariz. Al fin, suavemente, con todo el esmero que podamos imaginar, levantó dos dedos con el propósito de cogerla por la punta. Tal como siempre hacía Iván Yákovlevich.

—¡Bueno, bueno, bueno, ten cuidado! —gritó Kovaliov.

Iván Yákovlevich bajó las manos, estupefacto, turbado, como nunca le había sucedido. Por fin, empezó a pasar superficialmente la cuchilla por la barba. Y aunque le resultaba tremendamente incómodo y dificultoso afeitar sin agarrar el órgano olfativo, sin embargo, apoyando su áspero pulgar en la mejilla y en la encía inferior, venció finalmente todos los obstáculos y le afeitó.

Una vez preparado, Kovaliov se vistió a toda prisa, tomó un coche y se fue directo a la pastelería. Al entrar, gritó desde lejos: «¡Chico, una taza de chocolate!» Y, a continuación, gritó frente al espejo: «¡Tengo nariz!». Se dio la vuelta alegremente y, con gesto burlón, miró, entornando ligeramente los ojos, a dos militares, uno de los cuales tenía una nariz no más grande que el botón de un chaleco. Al instante, salió hacia la oficina del departamento en el que estaba gestionando su puesto de vicegobernador o, en caso de fracaso, el de administrador.

Al atravesar el vestíbulo, se miró en el espejo: «¡Tengo nariz!». Después se fue a visitar a otro asesor colegiado, otro mayor, bromista sin solución, a cuyas espinosas chanzas solía replicar: «¡Bueno, ya nos conocemos, eres un pullista!» De camino iba pensando: «Si el mayor no se parte de risa al verme es un claro indicio de que todo continúa en su sitio». Y, en efecto, aquel otro asesor colegiado no advirtió nada inusual.

«¡Bien, bien, qué diablo!», pensó para sí Kovaliov. En la calle se encontró con la oficiala del Estado Mayor, Podtóchina, y su hija. Las saludó con una reverencia y fue recibido entre exclamaciones de alegría. Parecía que no, que no tenía ningún defecto. Llevaba un buen rato conversando con ellas cuando sacó adrede la tabaquera y, delante de ellas, aspiró prologadamente el tabaco por los dos orificios de su nariz, pensando para sus adentros:

«Aquí estáis, mujeres, hatajo de gallinas! ¡Y con la hija no me caso! ¡Tan sencillo, par amour, por favor!». Desde aquel momento, el mayor Kovaliov volvió a dejarse ver como siempre por la avenida Nevski, por los teatros y por todas partes. También la nariz, como si nada hubiese pasado, estaba asentada en su rostro, con aspecto de no haberse ido nunca por su cuenta. Y, después de aquello, siempre se vio al mayor Kovaliov de buen humor, sonriendo, persiguiendo incesantemente a todas las damas hermosas e, incluso, en cierta ocasión, en un puestecillo del Gostiny Dvor[1] comprando la banda distintiva de una orden, aunque no se sabe con qué fin, pues no era caballero de orden alguna.

***

¡He aquí la historia que sucedió en la capital septentrional de nuestro vasto Estado! Solo ahora, conocidos ya todos sus pormenores, comprobamos que hay en ella mucho de inverosímil. Sin mencionar siquiera lo extraño que resulta la sobrenatural volatilización de una nariz y su aparición en diferentes lugares bajo el aspecto de un consejero civil. ¿Cómo Kovaliov no cayó en la cuenta de que no es posible reclamar una nariz a través de una oficina de prensa? Y no me refiero a que me resultaría muy costoso pagar el anuncio: eso es una sandez, pues yo no me tengo por una persona avara. ¡Es que es improcedente, una torpeza, muy desacertado! ¿Y cómo llegó la nariz hasta el pan recién horneado y cómo Iván Yákovlevich...?

¡No, no lo comprendo, decididamente, no lo comprendo! Pero lo más extraño, lo más incomprensible de todo, es cómo los autores pueden

---

[1] *N. del T.* Galería comercial de San Petersburgo construida en el siglo XVIII.

elegir argumentos como este. Confieso que me es completamente inconcebible, es justamente..., no, no, no lo comprendo en absoluto. En primer lugar, carece de utilidad alguna para la patria y, en segundo lugar..., en segundo lugar carece completamente de utilidad. Sencillamente, no sé qué es...

Y, sin embargo, incluso así, aunque, claro, es posible admitir esto, eso y aquello, puede incluso..., pues ¿hay lugar dónde no sucedan incongruencias? Y con todo, sin embargo, como habrás podido constatar, hay algo de verdad en todo esto. No digas quién o qué, pero episodios como este suceden en el mundo, rara vez, pero suceden.

EL CUENTO DEL GALLO DE ORO

Alexander Pushkin

En un país remoto y lejano había una vez un buen rey llamado Dadón. En su juventud había sido temerario y a menudo atacaba a sus vecinos. Pero al llegar a la vejez quiso descansar de los afanes de la guerra y vivir en paz y tranquilidad. Sin embargo, ahora los vecinos empezaron a atacar al anciano rey causando horribles daños a su reino. Tuvo que mantener un ejército numeroso para proteger los confines de su reino de los enemigos. Sus generales no descansaban y aún así no lograban llegar a tiempo: si esperaban un ataque desde el sur, de repente llegaba uno desde el este. Acudían allí, y los invasores venían desde el mar. El rey Dadón estaba tan furioso que hasta lloraba a veces, y algunas noches ni siquiera podía dormir.

—¡Imposible vivir con tantas preocupaciones!

Y así fue como un día decidió llamar a un sabio astrólogo para pedirle ayuda. Envió a un mensajero a por él y suplicó su consejo humildemente.

El sabio se presentó ante Dadón y extrajo de su saco un gallito de oro.

—Pon a este pájaro en una veleta muy alta —le dijo al rey—. Mi gallito de oro será tu fiel centinela. Si la paz reina alrededor, permanecerá quieto, pero en cuanto tengas amenaza de guerra por alguna parte, o una invasión de una hueste enemiga, o cualquier otro mal indeseable, mi gallito enseguida levantará su cresta, dará un grito de alarma, sacudirá sus alas y se girará hacia allá donde esté el peligro.

El rey dio las gracias al sabio, y le recompensó con montones de oro.

—Por un favor de tal magnitud —le dijo admirado— el primer deseo que tengas se cumplirá como si fuera mío.

Y así, sentado en lo alto de la torre, el gallito empezó a vigilar las fronteras del reino. En cuanto se avecinaba un peligro por alguna parte, este fiel centinela se despertaba: se removía, sacudía sus alas, se giraba hacia ese lado y gritaba:

—Quiquiriquí. ¡Basta de dormir aquí!

Y así, los vecinos se amilanaron, ya no se atrevían a hacerle la guerra al rey, pues tan rotunda había sido la respuesta que Dadón les había dado en todas partes.

Pasó así un año de paz, pasaron dos; el gallito permanecía quieto. Pero he aquí que un día el rey Dadón se despierta a causa de un gran ruido:

—¡Oh, mi rey! ¡Padre de nuestro pueblo! —exclama su general—. ¡Majestad! ¡Despierte! ¡Un desastre!

—¿Qué ocurre, señores? —dice Dadón

bostezando—. ¿Eh? ¿Quién es? ¿Pasa algo?

Y el general le responde:

—El gallito ha vuelto a gritar. Toda la capital está sumida en el pánico y el alboroto.

El rey corrió hacia la ventana y vio cómo el gallito se estaba estremeciendo en su aguja apuntando con su pico hacia el Este. No había tiempo que perder.

—¡Rápido! ¡Mis hombres, a caballo! ¡Vamos, daos prisa!

El rey mandó al Este un ejército comandado por su hijo mayor. El gallito se tranquilizó, el alboroto se calmó y así el rey se olvidó de la preocupación.

Pero he aquí que pasan ocho días y no hay noticias del ejército. Nadie viene si quiera a decirle a Dadón si ha habido una batalla.

Y en esto, el gallito vuelve a cantar. El rey convoca otro ejército y envía a su hijo menor a socorrer a su hermano mayor. El gallito se calma otra vez. Pero de nuevo no hay noticias. La gente vive sumida en el miedo. El gallito canta una vez más. El rey convoca un tercer ejército y decide llevarlo él mismo al Este, sin saber bien qué hacer, ni si su expedición servirá de algo.

Los soldados marchan día y noche y están al borde de la extenuación. El rey Dadón no encuentra ni el campo de batalla, ni el campamento, ni rastro de tumbas.

—¡Qué cosa tan extraña! —piensa el rey. Ya se está acabando el octavo día cuando el rey llega con su ejército a las montañas y entre las alturas ve una tienda de seda. Alrededor de la tienda reina un silencio encantado y en un desfiladero estrecho yacen sus soldados muertos. El rey Dadón se apresura para llegar a la tienda... ¡Qué visión más horrenda! Delante de él están sus dos hijos, sin cascos y sin corazas, ambos muertos, y sus espadas están clavadas cada una en el pecho del otro. Sus caballos deambulan por el prado, por los pastos pisados, por la hierba ensangrentada.

El rey gime:

—¡Oh, mis hijos! ¡Ay de mí! ¡Nuestros dos halcones han caído en una trampa! ¡Ay de mí! ¡Ha llegado mi fin!

Al son de sus palabras, todos empezaron a lamentarse, del fondo de los valles surgió un profundo quejido y el corazón de la montaña tembló. De pronto, la tienda se abrió de par en par y una doncella, la reina de Shamaján, resplandeciente como el alba, salió al encuentro del rey. Al mirar sus ojos, el rey se calló como un pájaro nocturno delante del sol; ante ella se olvidó de la muerte de sus dos hijos. Ella le sonrió y, con una reverencia, lo cogió de la mano y lo condujo a su tienda. Allí lo sentó a la mesa, lo agasajó con deliciosos manjares y lo acostó en una cama de brocado.

Durante una semana entera, hechizado y maravillado, Dadón estuvo gozando de banquetes con ella.

Finalmente, el rey emprende el camino de vuelta con su ejército y su joven doncella. Delante de él corrían las noticias, mezclando la verdad con la mentira. A la entrada a la capital, cerca de la puerta, la gente salió a saludarlos con un gran barullo. Todos corrían detrás de la carroza, detrás de la reina y de Dadón. Dadón está repartiendo saludos a todos, cuando...

De pronto, ve entre la multitud a su viejo amigo, el sabio, con una gorra sarracena blanca, parecido a un cisne canoso.

—¡Oh! ¡Hola, padre mío! —le dice el rey—. ¿Qué me cuentas? Acércate. ¿Qué se te ofrece?

—Mi rey —contesta el sabio—. Saldemos nuestras cuentas. ¿Te acuerdas? Por mi servicio me prometiste, como a un amigo, cumplir el primer deseo que tuviera como si fuera el tuyo. Así que ¡regálame a la doncella, la reina de Shamaján!

El rey se sorprendió tanto que no sabía qué decir:

—¿Qué dices? —le contestó al anciano— ¿Se ha apoderado de ti un demonio? ¿O te has vuelto loco? ¿Qué es lo que te has creído? Claro, hice mi promesa. Pero todo tiene su límite. ¿Y para qué quieres la doncella? Ea, ¿acaso no sabes quién soy? Pídeme mi tesoro, un título nobiliario, un caballo del establo real, hasta la mitad de mi reino.

—No quiero nada de esto. Regálame a la doncella, la reina de Shamaján —le contestó el sabio.

El rey, furioso, escupió, y dijo: —¡Rayos, no! No recibirás nada. Tú mismo, pecador, eres la causa de tu tormento. ¡Vete mientras sigas entero! ¡Llevaos al anciano de aquí!

El anciano intentó discutir, pero a cierta gente no se la debe contradecir por el bien de uno mismo; el rey le propinó un golpe en la frente con su cetro; el mago cayó redondo y murió.

Todo el mundo se estremeció. Mas la doncella no paraba de reír, se vio que no le preocupaba la situación. A pesar de estar muy alterado, el rey le sonrió con ternura.

El rey iba a entrar en la ciudad… De pronto, se oyó un fino tintineo y, a la vista de todo el mundo, el gallito saltó de su torre, vino volando hacia la carroza del rey y se posó en su nuca. Sacudió sus plumas, le picó donde se había posado y levantó el vuelo… y en ese mismo instante Dadón cayó de la carroza lanzó un suspiro y murió. Y la reina desapareció de repente, como si no hubiera existido jamás.

Sea cierta o falsa esta historia, tiene su moraleja, así que aprovechadla si vuestro juicio os deja.

146

EL COCODRILO

Fiódor Dostoievski

Extraordinario suceso o sorpresa en el Pasaje[1]
Rigurosa narración acerca de cómo un
señor de notable edad y notable presencia fue
devorado vivo, todo él enterito, por el cocodrilo
del Pasaje y de cuanto aquello originó

I

El 13 de enero del corriente año de 1865, a
las doce y media de la tarde, a Yelena Ivánovna,
esposa de mi instruido amigo Iván Matvéich,
colega y, en cierto modo, pariente lejano mío,
le entraron ganas de ir a ver al cocodrilo que,
pagando una cierta cantidad, podía verse en el
Pasaje. Teniendo ya en el bolsillo su billete para
partir al extranjero (no tanto por salud como
por curiosidad) y, en consecuencia, sintiéndose
ya como en vacaciones y puesto que estaba
completamente libre aquella mañana, Iván
Matvéich no solo no se opuso al insistente
deseo de su esposa sino que incluso a él mismo
le pudo la curiosidad. «Estupenda idea» dijo
absolutamente satisfecho.

---

[1] *N. del T.* Una de las más importantes galerías comer-
ciales de San Petersburgo, situada en la avenida Nevá.

«¡Vamos a ver al cocodrilo! Ya que nos disponemos a partir rumbo a Europa, no estará de más trabar ya aquí conocimiento con los indígenas que la pueblan». Y con estas palabras, cogiendo a su esposa del brazo, ambos se pusieron de inmediato camino del Pasaje. Yo también, como así tenía por costumbre, me uní a ellos como amigo de la casa. Nunca había visto a Iván Matvéich en tan agradable estado de ánimo como aquella mañana, para mí inolvidable: ¡bien es cierto que de antemano desconocemos nuestro destino! Al entrar en el Pasaje, de inmediato se quedó estupefacto ante la magnificencia del edificio, pero cuando se aproximó a la tienda en donde estaba expuesto el monstruo que de nuevo habían traído a la capital, él mismo quiso pagar por mí la entrada para acceder al recinto del cocodrilo, algo que con él nunca antes me había sucedido. Una vez dentro del pequeño habitáculo, nos dimos cuenta de que, además del cocodrilo, estaban allí recluidos unos exóticos loros similares a las cacatúas y, en lo más alto, un grupo de monos en la cavidad de un peculiar armario. Justo a la entrada, junto a la pared de la izquierda, había un gran cajón de hojalata con unos cinco centímetros de agua, dispuesto a modo de bañera y cubierto por una resistente red de hierro. En esta charca apenas profunda sobrevivía un descomunal cocodrilo que permanecía tieso como un tronco, absolutamente inmóvil, y que parecía haber perdido todas sus facultades a causa de este crudo clima nuestro, tan duro para los extranjeros. Al principio, el monstruo aquel no despertó en ninguno de nosotros una curiosidad especial.

—¡Así que este es el cocodrilo! —dijo Yelena Ivánovna con voz lastimera y como cantando—. Pues yo pensaba que sería... ¡completamente distinto!

Con toda probabilidad, ella debía de pensar que sería de diamantes. Saliendo a nuestro encuentro un alemán, el dueño, el propietario del cocodrilo, nos dirigió una mirada extraordinariamente orgullosa.

—Está en su derecho —me susurró Iván Matvéich—, pues se sabe que es el único de toda Rusia que exhibe en este momento un cocodrilo.

Esta observación, totalmente absurda, también la atribuyo al talante, excesivamente apacible y en otras circunstancias tan envidioso, que se había apoderado de Iván Matvéich.

—Me da la impresión de que su cocodrilo no está vivo —afirmó de nuevo Yelena Ivánovna contrariada por la arrogancia del dueño mientras le dirigía, ardid tan propio de las mujeres, una simpática sonrisa para obligar al grosero aquel a que se inclinara.

—Oh, ya lo creo que sí, mi señora —respondió él en un ruso vacilante mientras, acto seguido, tras levantar hasta la mitad la red del cajón, empezó a empujar la cabeza del cocodrilo con una varita.

Entonces, el pérfido monstruo, para mostrar indicios de vida, movió ligeramente las patas y la cola, alzó el hocico y dejó escapar algo semejante a un prolongado bufido.

—¡Bueno, no te enfades, Carlitos! —dijo con cariño el alemán, satisfecho en su amor propio.

—¡Qué cocodrilo más asqueroso! Hasta me ha asustado —balbuceó Yelena Ivánovna aún con más coquetería—, ahora tendré pesadillas con él.

—Pero no le morderá en sus sueños, Madame. —El alemán la cogió con galantería y, en presencia de todos, comenzó a reírse con sus propias palabras sin que ninguno de nosotros le secundara.

—Venga, Semión Semiónych —prosiguió Yelena Ivánovna dirigiéndose a mí exclusivamente—, vayamos mejor a ver los monos. Me gustan terriblemente los monos. Son tan simpáticos... En cambio, el cocodrilo es horroroso.

—Oh, no tengáis miedo, amigos míos —nos gritó desde atrás Iván Matvéich al tiempo que se envalentonaba placenteramente ante su esposa—. Este somnoliento habitante del reino de los faraones no nos hará nada—. Y se detuvo junto al cajón. Por si fuera poco, tras coger su propio guante, se puso a hacerle con él cosquillas al cocodrilo en la nariz con la intención de, como después él mismo confesaría, obligarlo a bufar de nuevo. Como se trataba de una dama, el dueño siguió los pasos de Yelena Ivánovna hacia el armario de los monos.

Así pues, todo iba a la perfección y resultaba imposible prever nada. Yelena Ivánovna estaba fogosamente entretenida con los monos, a los que parecía haberse entregado por completo. Gritaba de placer, dirigiéndose a mí sin descanso, como si no desease fijar su atención en el dueño, y se reía a carcajadas a causa de las semejanzas que iba advirtiendo entre estos macacos y sus más íntimos conocidos y amigos. Yo también disfrutaba, pues el parecido era indudable. El propietario alemán no sabía si reírse o no y, por eso, al final acabó frunciendo completamente el ceño. Y entonces, en ese preciso instante, de repente, un terrible, podría incluso decir que antinatural grito, conmocionó la estancia. Sin saber qué pensar, en un primer momento me quedé helado en el sitio. Pero al reparar en que también ya estaba gritando Yelena Ivánovna, me volví rápidamente... ¡y lo vi! ¡Lo vi, oh, Dios! Vi al desdichado Iván Matvéich entre las espantosas mandíbulas del cocodrilo, atrapado entre ellas a la altura del tronco, elevado por los aires en posición horizontal mientras agitaba las piernas desesperadamente. Luego, un instante más y ya no estaba allí.

Pero lo describiré al detalle, pues permanecí allí en pie inmóvil todo el tiempo y tuve la oportunidad de discernir todo el proceso que se desenvolvía ante mis ojos con una atención y curiosidad tal como no recuerdo haber experimentado con anterioridad.

«Pues» pensé en aquel minuto fatídico, «si en lugar de a Iván Matvéich me hubiese ocurrido todo esto a mí, ¡menudo disgusto me habría llevado!». Bueno, vayamos al grano.

El cocodrilo, tras haber acomodado entre sus espantosas mandíbulas al pobre Iván Matvéich con las piernas hacia sí, empezó por tragárselas. Luego, tras regurgitar un poco a Iván Matvéich, que se esforzaba por escapar y se aferraba con las manos al cajón, lo succionó de nuevo hacia su interior ya por encima de la cintura. A continuación, tras volver a regurgitarlo, volvió a tragar una y otra vez. De este modo, Iván Matvéich fue desapareciendo de forma evidente ante nuestros propios ojos. Por fin, una vez se lo hubo tragado definitivamente, el cocodrilo acogió en su interior a mi instruido amigo y esta vez ya en su totalidad. Observando el cuerpo del cocodrilo era posible notar cómo Iván Matvéich, con todas sus formas, transitaba a lo largo de sus entrañas. Yo ya estaba preparado para gritar de nuevo cuando, de repente, el destino quiso una vez más burlarse pérfidamente de nosotros: el cocodrilo hizo un esfuerzo más, probablemente atorado ante la inmensidad de la presa que había engullido, abrió de nuevo sus espantosas fauces y de su interior, a modo de último regüeldo, surgió de pronto y por un segundo la cabeza de Iván Matvéich con expresión de desesperanza en el rostro mientras, al mismo tiempo, de la nariz le resbalaron súbitamente los anteojos al fondo del cajón. Al parecer, aquella desesperanzada cabeza surgió únicamente para lanzar una última mirada a todos aquellos objetos y despedirse mentalmente de todos los placeres mundanos. Sin embargo, no tuvo éxito en su intención: el cocodrilo tomó fuerzas otra vez, tragó y, al instante, volvió a desaparecer, esta vez ya para siempre. La aparición y desaparición de aquella cabeza humana todavía viva fue terrible, pero, al mismo tiempo, puede que por la rapidez y lo inesperado de la acción o debido a la caída de sus anteojos, resultaban tan ridículas que, de repente y de un modo absolutamente inesperado, estallé en una risotada. No obstante, al darme cuenta de que, como amigo de la casa, resultaba indecoroso reírse ante semejante situación, me volví de inmediato hacia

Yelena Ivánovna y con aire simpático le dije:

—¡Nuestro Iván Matvéich está ya perdido!

No puedo siquiera pensar en explicar hasta qué extremo fue intensa la agitación de Yelena Ivánovna a lo largo de todo el proceso. Primero, después del primer grito, se quedó como muerta en el sitio mientras contemplaba con aparente indiferencia, aunque con los ojos absolutamente desencajados, el tremendo lío que se presentaba ante ella. Luego comenzó a emitir un penetrante lamento, pero yo la tomé de las manos. En ese instante, también el dueño, en un primer momento paralizado por el miedo, juntó de pronto sus manos y rompió a gritar, mirando hacia el cielo:

—¡Oh, mi *cocodrrilo*, oh mi *querridísimo* Carlitos! ¡*Mutter, Mutter, Mutter*!

Ante aquel grito se abrió la puerta trasera, apareció su *Mutter* con una cofia, lozana pese a su avanzada edad, aunque despeinada, y con un chillido se precipitó sobre su alemán.

Entonces comenzó el alboroto: Yelena Ivánovna se puso a gritar como una histérica una única palabra: «¡Destripar! ¡Destripar!» y se arrojó sobre el dueño y su *Mutter*, al parecer pidiéndoles, probablemente víctima de su propia enajenación, que por alguna razón destriparan a alguien. El dueño y su *Mutter* no nos prestaban atención a ninguno de nosotros:

seguían berreando como terneros junto al cajón.

—Está *perrdido*, ahora va a *reventarr* porque se ha zampado un funcionario entero! —gritó el dueño.

—¡Nuestro Carlitos, nuestro *querridísimo* Carlitos se va a morir! —aulló el ama.

—¡Y nosotros *huérrfanos* y sin pan! —la secundó el amo.

—¡Destripar, destripar! —canturreaba Yelena Ivánovna mientras agarraba al alemán de la levita.

—Él *prrovocó* al cocodrilo, ¡porqué su marido *prrovocó* al cocodrilo! —gritó defendiéndose el alemán—. ¡Usted pagará, si Carlitos *rrevienta*! ¡Era mi hijo, era mi único hijo! Confieso que me sentí terriblemente indignado al ver el egoísmo del alemán trotamundos y la frialdad del corazón de su despeinada madre, aunque los no menos insistentes gritos de Yelena Ivánovna— «¡Destripar, destripar!» —me provocaban una mayor inquietud y, al final, absorbieron toda mi atención hasta el punto de que llegué a sentir miedo... De antemano diré que yo percibía estas extrañas exclamaciones como si estuviesen completamente falseadas: tenía la sensación de que Yelena Ivánovna había perdido por un instante la razón y que, en su deseo de vengar la pérdida de su querido Iván Matvéich, proponía castigar al cocodrilo azotándolo. Y sin embargo, quería decir algo completamente diferente. Confundido, mirando hacia la puerta, comencé a pedirle a Yelena Ivánovna que se tranquilizara y, sobre todo, que no empleara aquella peliaguda palabra:

«Destripar». Pues un deseo tan retrógrado aquí, en el corazón del Pasaje y de aquella ilustrada sociedad, a dos pasos de la misma sala donde, quizá, en aquellos precisos instantes podrían estar impartiendo una conferencia pública, no solo resultaba imposible, sino incluso inconcebible y en cualquier momento podía atraer sobre nuestras personas tremendas críticas y caricaturas. Para mi desgracia, rápidamente comprendí que mis tímidas sospechas eran fundadas: de repente, abrieron las cortinas que separaban el recinto del cocodrilo del vestíbulo de acceso en el que recogían las monedas de veinticinco kopeks, y junto al umbral apareció una figura con bigote, barba y una gorra entre las manos que inclinaba la parte superior de su cuerpo hacia delante mientras, con grandes precauciones, procuraba mantener los pies al otro lado del umbral del recinto del cocodrilo para reservarse el derecho a no pagar la entrada.

—Tan retrógrado deseo, señora —dijo el desconocido mientras hacía esfuerzos por mantenerse en pie al otro lado del umbral y no invadir en modo alguno nuestro espacio—, no hace honor a su desarrollada posición y viene condicionado por una carencia de fósforo en su cerebro. Pronto será criticada en la crónica del progreso y en nuestras páginas satíricas...

Sin embargo, no llegó a terminar: el dueño, que había vuelto en sí, al ver horrorizado al hombre que hablaba en el recinto del cocodrilo sin haber pagado por ello, se precipitó iracundo contra el desconocido progresista y, puño en alto, lo echó de allí.

Al instante, ambos desaparecieron de nuestra vista al otro lado de la cortina y, solo entonces, llegué a la conclusión de que toda la algarabía carecía de sentido. Yelena Ivánovna resultó ser completamente inocente: ella, en modo alguno pensaba, como ya le he dicho, someter al cocodrilo a la retrógrada y humillante pena de los azotes, sino que simple y llanamente deseaba que le rajaran el vientre con un cuchillo para así liberar de sus entrañas a Iván Matvéich.

—¡*Cómo! ¡Ustet quierre* que mi *cocodrrilo muerra*! —empezó a vociferar el dueño, que entraba de nuevo—. ¡No, primero que se *muerra* su marido y luego el *cocodrrilo*! Mi padre exhibía este *cocodrrilo*, mi abuelo exhibía este *cocodrrilo*, mi hijo exhibirá este *cocodrrilo* y también yo seguiré exhibiendo este *cocodrrilo*! ¡Todos exhibiremos el *cocodrrilo*!

Yo soy conocido en toda Europa y usted es un auténtico desconocido en Europa y me va a pagar una indemnización.

—¡Ja, ja! —le secundó la colérica alemana—. *Nosotrros* no os lo permite, ¡una indemnización cuando Carlitos *rreviente*!

—Además es inútil rajarlo —añadí yo tranquilamente con la intención de llevarme a Yelena Ivánovna cuanto antes a casa—, pues nuestro querido Iván Matvéich, con toda probabilidad, debe andar ya surcando algún lugar de los cielos.

—Amigo mío —se escuchó en ese preciso momento y de un modo absolutamente inesperado la voz de Iván Matvéich, lo cual nos maravilló—, amigo mío, en mi opinión hay que recurrir directamente a la administración, pues el alemán no aceptará la verdad sin la ayuda de la policía.

Estas palabras, expresadas con firmeza y autoridad, que evidenciaban una presencia de ánimo inusual, en un primer momento nos sorprendieron hasta el punto de que todos nosotros nos negamos a dar crédito a nuestros oídos. No obstante, como puede imaginarse, nos acercamos a toda prisa hasta el cajón del cocodrilo y con tanta veneración como incredulidad escuchamos al desgraciado preso. Su voz sonaba amortiguada, fina e, incluso, chillona, como si procediera de algún lugar considerablemente lejano. Recordaba a cuando un bromista cualquiera se va a otra habitación y, tapándose la boca con una almohada corriente de dormir, comienza a gritar pretendiendo hacer creer al público que ha quedado en la primera habitación, que se trata de dos hombres que se llaman el uno al otro en el desierto o que están separados por un profundo barranco, experiencia que, en cierta ocasión, yo mismo había tenido el gusto de disfrutar en casa de unos conocidos míos con motivo de las fiestas navideñas.

—¡Iván Matvéich, amigo mío, entonces estás vivo! —balbuceó Yelena Ivánovna.

—Sano y salvo —respondió Iván Matvéich—, pues gracias al Altísimo he sido ingerido sin daño alguno. Únicamente me preocupa cómo enfocarán este episodio mis jefes. Pues, después de tener los billetes para salir hacia el extranjero, he acabado en un cocodrilo, lo cual no resulta muy decoroso...

—Pero, amigo mío, no te preocupes por el decoro. Antes que nada, necesitas que te saquen del modo que sea de ahí —le interrumpió Yelena Ivánovna.

—¡*Sacarrlo*! —gritó el dueño—. No permitirré que limpien al *cocodrrilo*. Ahora el *Publikum* vendrá mucho más y *pedirré* cincuenta kopeks mientras Carlitos no *rreviente*.

—¡Gracias a Dios! —le secundó el ama.

—Tienen razón —advirtió Iván Matvéich sin alterarse—, el principio económico ante todo.

—Amigo mío —grité yo—, ahora mismo vuelo en busca de nuestros jefes y les expondré una queja, pues me da la impresión de que nosotros solos no podremos arreglar este desaguisado.

—También yo pienso lo mismo —hizo notar Iván Matvéich—, aunque sin retribución económica resulta complicado en esta época nuestra de crisis comercial rajar gratuitamente el vientre de un cocodrilo y, por tanto, esta pregunta parece ineludible: ¿Cuánto pedirá el dueño por su cocodrilo? Y con ella, esta otra: ¿quién le pagará? Pues tú bien sabes que yo no tengo medios...

—En todo caso, a cuenta del salario —indiqué yo con timidez, pero el dueño me interrumpió al instante:

—Yo no vende *cocodrrilo*, yo tres mil no vende *cocodrrilo*, yo cuatro mil no vende *cocodrrilo*! Ahora el *Publikum* en mayor número *vendrrá*. ¡Yo cinco mil no vende *cocodrrilo*!

En una palabra, fanfarroneaba de un modo insoportable. La ruindad y una abominable avaricia brillaban alegremente en sus ojos.

—¡Me marcho! —grité indignado.

—¡Y yo! ¡Y yo también! Iré a casa del mismísimo Andréi Osipych, le conmoveré con mis lágrimas —comenzó a lamentarse Yelena Ivánovna.

—No hagas eso, querida mía —la interrumpió Iván Matvéich con premura, pues hacía mucho tiempo que sentía celos de su esposa por culpa de Andréi Osipych y, ya que las lágrimas le sentaban tan bien, sabía que ella se sentiría dichosa de ir a llorar ante el hombre de letras—. Y a ti, amigo mío — prosiguió, dirigiéndose a mí—, no te aconsejo ir a ningún lado sin ton ni son sin saber cómo puede acabar esto. Mejor pásate hoy, así como si se tratara de una visita ocasional, por casa de Timoféi Semiónych. Es un hombre anticuado y de pocas luces, pero respetable, y lo principal es que es íntegro. Preséntale mis respetos y descríbele las circunstancias del asunto. Puesto que le debo siete rublos de la última partida, dáselos en esta oportuna ocasión: eso ablandará al riguroso anciano. En todo caso, su consejo puede servirnos de orientación. Y ahora llévate ya a Yelena Ivánovna... Tranquilízate, querida mía —siguió diciéndole a ella—, estoy harto de todos estos gritos y riñas de mujeres y tengo ganas de dormir un poco. Aquí se está calentito y blandito, aunque todavía no he tenido tiempo de explorar este inesperado refugio mío...

—¡Explorar! ¿Acaso tienes luz ahí? — gritó alegre Yelena Ivánovna.

—Me envuelve una noche profunda —respondió el pobre preso—, pero puedo palpar y, por así decirlo, explorar con mis manos... Adiós, estate tranquila y no renuncies a los entretenimientos. ¡Hasta mañana! Tú, Semión Semiónych, visítame esta tarde y, puesto que eres despistado y puedes olvidarte de ello, hazte un nudo...

Confieso que me alegré de irme porque estaba demasiado cansado y, en cierto modo, también aburrido. Tomando del brazo sin demora a Yelena Ivánovna, abatida aunque aún más bella a causa de la agitación, la saqué aún más aprisa del recinto del cocodrilo.

—¡Por la tarde pagarán otros veinticinco kopeks más por entrar! —nos gritó desde atrás el dueño.

—¡Oh, Dios, qué avaros son! —manifestó Yelena Ivánovna mientras se contemplaba en cada uno de los espejos de los entrepaños del Pasaje, al parecer, tomando conciencia de que había embellecido.

—El principio económico —repliqué con leve agitación mientras me enorgullecía de mi dama ante los transeúntes.

—El principio económico... —insistía ella con una simpática vocecilla—, no he comprendido nada de lo que estaba diciendo ahora Iván Matvéich sobre ese asqueroso principio económico.

—Yo se lo explicaré —respondí e, inmediatamente, me dispuse a hablarle de los beneficiosos resultados de la atracción de capitales extranjeros a nuestra patria, sobre lo cual había estado leyendo esa misma mañana en *Las Noticias de San Petersburgo* y en *El Cabello*.

—¡Qué extraño es todo esto! —me interrumpió después de permanecer algún tiempo escuchando—. Déjelo, es desagradable. Qué tonterías está diciendo... Dígame, ¿estoy muy sonrojada?

—¡Está usted preciosa, nada sonrojada! —advertí yo, sin dejar escapar la ocasión de dedicarle un cumplido.

—¡Pilluelo! —balbuceó ella con aire de suficiencia—. El pobre Iván Matvéich —añadió inclinando coquetamente la cabecita sobre su hombro—, en verdad me da pena de él, ¡ay, Dios mío! —gritó de repente—, dígame cómo va a comer hoy allí y... y... ¿cómo se las apañará si necesita alguna cosa?

—Cuestión imprevista —respondí yo, también desconcertado. A decir verdad, a mí ni se me había pasado por la cabeza. ¡Hasta qué punto son las mujeres más pragmáticas que los hombres a la hora de resolver los problemas cotidianos!

—Pobrecillo, esto le ha dejado chalado... y sin entretenimiento alguno y a oscuras... Qué lástima no haberme quedado con una fotografía suya... Esto quiere decir que ahora soy algo así como una viuda —añadió con una sonrisa seductora y dando muestras evidentes de interés por su nuevo estado—, hum..., ¡pese a todo, me da pena de él!

En una palabra, se expresaba la más que evidente y natural pesadumbre de una mujer joven e interesante ante la muerte de su marido. Finalmente, la conduje a su casa, la tranquilicé y, al terminar de comer con ella, después de una taza de un aromático café, a la seis en punto me dirigí a la residencia de Timoféi Semiónych contando con que a esta hora todas las personas con familia y de intachables ocupaciones estarían en su casa.

Una vez escrito este primer capítulo en un estilo conveniente al acontecimiento narrado, tengo la intención de seguir empleando un estilo no tan elevado y sí más natural, de lo cual informo de antemano al lector.

II

El respetable Timoféi Semiónych me recibió con cierta celeridad y un poco aturdido. Me hizo pasar a su pequeño despacho y cerró la puerta por completo: «Para que los niños no molesten», argumentó con visible inquietud. Luego, me ofreció asiento en una silla junto a su escritorio, él se sentó en un sillón, se arrebujó en los faldones de su bata y adoptó para la ocasión un aspecto oficial, casi incluso severo, pese a que no se tratara de mi jefe o el de Iván Matvéich y de que, hasta ahora, se había comportado como un compañero más e, incluso, como un conocido.

—Antes que nada —comenzó él—, tenga en cuenta que yo no soy ningún jefe, sino un hombre tan subordinado como lo pueda ser usted y como lo pueda ser Iván Matvéich... Voy a mantenerme al margen y no tengo intención de involucrarme en esto. Yo estaba asombrado de que, al parecer, ya lo supiera todo. A pesar de ello, le conté detalladamente toda la historia de nuevo. Incluso me expresaba con agitación, pues en aquel preciso instante estaba cumpliendo con las obligaciones de un verdadero amigo. Él escuchaba sin demostrar especial sorpresa, pero con claras muestras de desconfianza.

—Figúrese —dijo él después de escucharme—, siempre pensé que sin duda algo así le sucedería.

—Pero, ¿por qué, Timoféi Semiónych? Se trata sin duda de un suceso tremendamente extraordinario...

—Efectivamente, pero Iván Matvéich a lo largo de toda su carrera se ha mostrado propicio a un final así. Es espabilado, arrogante incluso. Todo progreso e ideas diferentes, ¡y he ahí a dónde conduce el progreso!

—Pero es que este es un suceso de lo más extraordinario y de ninguna forma puede ser considerado una ley universal para todos los progresistas...

—No, es así. Mire usted, esto es consecuencia de una excesiva formación, créame. Porque las personas excesivamente formadas se meten en cualquier lugar y, principalmente, allí donde no los llaman. Además, puede que usted de sobra lo sepa —añadió, como ofendido—. Yo no soy un hombre tan instruido, y soy viejo. Comencé como hijo de militar y, este año, he celebrado el quincuagésimo aniversario de mi carrera.

—Oh, no, Timoféi Semiónych, discúlpeme. Allí enfrente, Iván Matvéich espera ansioso su consejo, espera ansioso su guía. Incluso, por así decirlo, con lágrimas en los ojos.

—«Por así decirlo, con lágrimas en los ojos». Hum. Bueno, son lágrimas de cocodrilo y no hay que darles en absoluto credibilidad. En fin, dígame, ¿por qué se largaba al extranjero? ¿Y con qué dinero? Porque él no tiene medios, ¿no?

—Con lo ahorrado de las últimas gratificaciones, Timoféi Semiónych —respondí apesadumbrado—. Quería pasar tan solo tres meses, en Suiza... En la patria de Guillermo Tell.

—¿Guillermo Tell? ¡Hum!

—Quería descubrir la primavera en Nápoles. Explorar los museos, los caracteres, los animales...

—¡Hum! ¿Los animales? Pues en mi opinión, todo viene motivado por algo tan sencillo como el orgullo. ¿Qué animales? ¿Animales? ¿Acaso tenemos nosotros pocos animales? Tenemos casas de fieras, museos, camellos. Los osos habitan los alrededores de San Petersburgo. Pero fíjate, él tiene que ir a instalarse en un cocodrilo...

—Timoféi Semiónych, apiádese, este hombre se halla inmerso en una desgracia, este hombre acude corriendo a su casa como ante un amigo, como ante un pariente mayor, ansía su consejo y usted solo le ofrece críticas... ¡Apiádese aunque sea de la desdichada Yelena Ivánovna!

—¿Se refiere usted a su esposa? Interesante damita —dijo Timoféi Semiónych, ablandándose, al parecer, mientras aspiraba rapé con avidez—. Es una persona fina. Algo rellenita, y la cabecita así como hacia un lado, así hacia un ladito... Muy agradable. Andréi Osipych me la mencionó anteayer.

—¿Se la mencionó?

—Me la mencionó con unas expresiones muy halagadoras. El busto, decía, su mirada, ese peinado... Un bomboncito, dijo, pero no una damita y, entonces, nos echamos a reír. Aún son jóvenes —Timoféi Semiónych se sonó con estrépito—. Ahí tenemos a un hombre joven, y qué carrera le están construyendo...

—Pero se trata de algo completamente diferente, Timoféi Semiónych.

—Claro, claro.

—¿Y entonces, Timoféi Semiónych?

—Pero, ¿qué puedo hacer yo?

—¡Aconséjeme, oriénteme, en calidad de hombre con experiencia, en calidad de pariente! ¿Qué podemos hacer? Acudir a los jefes o...

—¿A los jefes? No, de ningún modo —refirió apresuradamente Timoféi Semiónych—. Si quiere un consejo, antes que nada debe acallar este asunto y actuar, por así decirlo, a modo de persona particular. Un suceso como este inspira ciertos recelos, pues es inaudito. Eso es lo principal, que es inaudito, no hay otro ejemplo igual, y eso no dice nada en su favor... Por eso, ante todo, precaución... Que se eche allí un rato. Es preciso esperar, esperar...

—¿Pero cómo que esperar, Timoféi Semiónych? Bueno, ¿y qué pasa si se asfixia allí?

—¿Y por qué? ¿Es que no me dio a mí la impresión de que dijo usted que se había instalado allí incluso con ciertas comodidades?

Volví a contarle todo. Timoféi Semiónych se quedó pensativo.

—¡Hum! —dijo él, jugueteando con una tabaquera entre sus dedos—. En mi opinión, incluso sería bueno que pasase allí tumbado algún tiempo en lugar de marcharse al extranjero. Que reflexione sobre el ocio. Sin duda, no sería conveniente que se asfixiara y, por eso, sería necesario tomar las debidas medidas para preservar su salud: bueno, allí, hay que cuidarse de la tos y demás... Y en lo que concierne al alemán, según mi opinión personal, está en su derecho, incluso más que la parte contraria, porque se han metido sin permiso en el interior de su cocodrilo y no ha sido él quien se ha metido sin permiso en el cocodrilo de Iván Matvéich, quien, por otra parte y hasta donde alcanza mi memoria, ni siquiera tiene cocodrilo. Bueno, el cocodrilo constituye en sí una propiedad, así que sin una indemnización no es posible destriparlo.

—Para salvar a un ser humano, Timoféi Semiónych.

—Bueno, esto es asunto de la policía.

Allí deberá dirigirse.

—Pero es que puede que necesiten a Iván Matvéich en nuestro trabajo. Puede que exijan su presencia.

—¿Exigir la presencia de Iván Matvéich? ¡Ja, ja! Pero es que además creen que está de vacaciones, así que podemos ignorarlo y que él se dedique a examinar allí las tierras europeas.

Otra cuestión es, si transcurrido el permiso, no se presentase, entonces haríamos averiguaciones, redactaríamos informes...

—¡Tres meses! ¡Timoféi Semiónych, apiádese!

—Él es el verdadero culpable. Porque, ¿quién le ha mandado meterse ahí? Según eso, quizá debería contratar a una enfermera colegiada pese a que no le corresponda por estatus. Sin embargo, lo principal es que el cocodrilo es una propiedad por lo que entra en juego el así denominado principio económico. Y el principio económico tiene preferencia sobre todo lo demás. Anteayer mismo, en una velada en casa de Luká Andreich, Ignati Prokófich dijo... ¿Conoce a Ignati Prokófich? Es un capitalista, anda metido en el mundo de los negocios y sabe hablar con soltura:«Nosotros necesitamos, —dijo—, industria, nuestra industria es precaria, es preciso impulsarla. Hay que generar capitales —dijo—, necesitamos tener una verdadera burguesía. Y puesto que nosotros no tenemos capitales, es preciso atraerlos desde el extranjero. Es necesario, en primer lugar, permitir a las compañías extranjeras que dividan nuestras tierras en parcelas, tal como se afirma ahora en cualquier lugar del extranjero. ¡La propiedad comunal es un veneno —dijo—, una desgracia!».Y sepa usted con qué ardor se expresa. Bueno, para ellos está bien: hombres con capital... y no esos sirvientes. En el sistema comunal, dijo, ni la industria ni la agricultura se desarrollarán. Es necesario, dijo, que las compañías extranjeras se adueñen en lo posible de toda nuestra tierra para, a continuación, dividirla, dividirla, dividirla cuanto se pueda en partes más pequeñas, y sepa usted con qué firmeza se expresa: *dividirrrla*, dijo, y luego venderla a la propiedad privada. Y en caso de no venderla, simplemente alquilarla. Cuando toda la tierra esté en manos de las compañías extranjeras, eso hará posible fijar cualquier precio por su alquiler. Es decir, que el campesino trabajará el triple por el pan nuestro de cada día y se le podrá echar cuando convenga. Él mismo será obediente, aplicado y trabajará el triple por el mismo precio. ¡Sin embargo, ahora en el sistema comunal hace lo que le apetece! Sabe que no va a morirse de hambre y, bueno, se muestra perezoso y anda de juerga. Mientras que, en caso contrario, el dinero vendría a nuestras manos, se instalarían los capitales y la burguesía se pondría en marcha. A este respecto, un periódico político y literario inglés, *The Times*, al analizar nuestras finanzas, ha dicho que la razón de que no crezca nuestra economía es que no hay trabajadores serviciales... Habla bien, Ignati Prokofich. Es todo un orador. Tiene intención de distribuir su artículo entre los jefes y, después, publicarlo en *Las Noticias*.

No se trata de estrofillas como las de Iván Mat-véich...

—¿Y qué ocurre con Iván Matvéich? —metí baza después de dejar parlotear al anciano. A Timoféi Semiónych le gustaba parlotear de tanto en tanto para, de ese modo, demostrar que no se había quedado anticuado y que aún sabía de todo.

—¿Que qué ocurre con Iván Matvéich? Pero si me estaba refiriendo a él. Nosotros ya estamos promoviendo la introducción de los capitales extranjeros en nuestra patria, dese usted cuenta: en cuanto el capital del recinto del cocodrilo afectado se ha visto duplicado gracias a Iván Matvéich, nosotros, en lugar de proteger al propietario extranjero, tratamos de rajar la fuente fundamental del capital básico, el vientre. Y bien, ¿es eso correcto? En mi opinión, Iván Matvéich, como verdadero hijo de la patria, debe sentirse alegre y enorgullecerse de que, gracias a él, el valor del cocodrilo extranjero se haya duplicado y, quizá, triplicado. Esto es necesario como medida de estímulo. Consigue uno y, ya verás, vendrá otro más con otro cocodrilo y un tercero traerá dos o tres a la vez mientras a su alrededor se multipliquen los capitales. Ahí tienes a la burguesía. Es necesario estimularla.

—¡Apiádese, Timoféi Semiónych! —grité—. ¡Le está exigiendo usted una abnegación casi antinatural al pobre Iván Matvéich!

—No estoy imponiendo nada, tan solo le ruego, como ya le pedí antes, que tenga en cuenta que yo no soy un jefe y que, por tanto, no estoy en situación de exigir nada a nadie. Hablo como hijo de la patria. Pero insisto: ¿quién le ha mandado meterse dentro de un cocodrilo? Un hombre serio, un hombre de reconocida posición, legalmente casado, ¡y, de repente, este desliz! ¿Es esto acaso decoroso?

—Pero es que este desliz ha tenido lugar por descuido.

—¿Y quién lo sabe? Y además, de las cantidades para pagar al cuidador del cocodrilo, ¿qué me dice?

—¿Tal vez a cuenta del sueldo, Timoféi Semiónych?

—¿Alcanzará?

—No alcanzará, Timoféi Semiónych —respondí con tristeza—. El cuidador del cocodrilo al principio se asustó ante la posibilidad de que su cocodrilo reventara, pero después, al convencerse de que todo iba bien, empezó a vanagloriarse y se alegró de poder doblar el precio.

—¡Y triplicarlo, cuadruplicarlo incluso! El público ahora afluirá, y esos cuidadores de cocodrilos son gente astuta. Además estamos en carnaval, la gente quiere divertirse y, por eso, repito que lo mejor es que Iván Matvéich mantenga una discreta posición, que no tenga prisa.

Quizá todos sepan que está en un cocodrilo, pero no tienen conocimiento oficial de ello. A este respecto, Iván Matvéich se encuentra en unas circunstancias particularmente favorables porque se le supone en el extranjero. Dirán que está en el interior del cocodrilo, pero no daremos crédito. Es posible reconducir de este modo la situación. Lo primordial es que aguarde, pues, ¿a dónde va a tener tanta prisa por ir?

—Bueno, y si...

—No se preocupe, es de complexión fuerte...

—Bueno, ¿y después, mientras aguarda?

—Bueno, no le voy a ocultar que el caso es demasiado complejo. No hay quien lo entienda, y lo principal, lo más dañino, es que hasta la fecha no se ha dado nada semejante. Si tuviésemos un precedente, todavía podríamos tener una cierta referencia. Pero así, ¿cómo vamos a tomar una decisión? Por más que lo pienses, el asunto se te escapa.

Un pensamiento de felicidad iluminó mi cabeza.

—¿No podríamos actuar de modo que —dije yo—, si es su destino quedarse en las entrañas del monstruo y que el vientre de este lo mantenga por voluntad de la providencia, no podríamos facilitarle un permiso para que figure de servicio?

—Hum... Puede que a modo de vacaciones y sin sueldo...

—No, ¿no podría ser con sueldo?

—¿Argumentando qué?

—A modo de comisión de servicio...

—¿En calidad de qué, a dónde?

—Pues en las entrañas, en las entrañas del cocodrilo... Digamos que para informar, para estudiar los hechos a pie de campo. Claro, sería algo nuevo, pero es que se trataría de algo avanzado y, al mismo tiempo, serviría de muestra del afán por la educación...

Timoféi Semiónych se quedó pensativo.

—Enviar a un funcionario en comisión de servicio a las entrañas de un cocodrilo con una misión especial es, en mi opinión personal, absurdo —dijo él finalmente—. Por méritos no le correspondería. Y además, ¿qué misión podría tener allí?

—Pues el estudio, digamos que biológico, de una naturaleza sobre el terreno, de un ser vivo. En la actualidad, todas las ciencias naturales están avanzando, la botánica... Él viviría allí y evacuaría allí mismo los informes..., bueno, acerca de la digestión o, simplemente, sobre las entrañas. Para recopilar datos.

—Es decir, que sería a modo de estadística. Bueno, yo no soy muy ducho en eso, pues no soy filósofo. Usted habla de datos, pero ya estamos desbordados de datos sin ello y, de todos modos, no sabríamos qué hacer con ellos. Por otra parte, esa estadística es peligrosa...

—¿Por qué?

—Es peligrosa. Y por otro lado, reconózcalo, él informaría de los hechos, por así decirlo, tumbado sobre un costado. ¿Y acaso es posible trabajar mientras está uno tumbado de costado? Eso constituiría una innovación y, además, peligrosa. Y encima no tenemos precedente alguno. Si tuviésemos aunque fuese un ejemplo pequeñito, entonces, en mi opinión, se le podría enviar en comisión de servicio.

—Pero es que hasta la fecha no habían traído cocodrilos vivos, Timoféi Semiónych.

—Hum, sí... —De nuevo se quedó pensativo—. Debo reconocer que esta objeción suya es justa e, incluso, podría servir de base para futuras resoluciones del asunto. Pero no olvide que si con la aparición de cocodrilos comenzasen a desaparecer empleados y, luego, fundamentándose en que allí se estaba calentito y mullidito, se exigieran comisiones de servicio para ir allá y después repanchingarse de costado..., habría usted de reconocer que se trataría de un pésimo ejemplo. Pues, siendo así, cualquiera se metería allí para llevarse su dinero de balde.

—¡Haga lo posible, Timoféi Semiónych!

A propósito: Iván Matvéich me pidió que le pagara sus deudas, los siete rublos de la partida del yeralash...

—¡Ah, lo perdió el otro día, en casa de Nikífor Nikíforych! Lo recuerdo. ¡Qué alegre estaba por entonces, cómo reía, y fíjese ahora!

El viejo estaba de verdad emocionado.

—Haga todo lo posible, Timoféi Semiónych.

—Haré algunas gestiones. Hablaré en mi propio nombre, de manera particular, para informarme. Usted, por su parte, entérese así, extraoficialmente, de la cantidad precisa que estaría dispuesto a aceptar el dueño por su cocodrilo.

Timoféi Semiónych al parecer se había ablandado.

—Sin falta —respondí—, y se lo comunicaré en seguida.

—La esposa... ¿está sola ahora? ¿Lo echa de menos?

—Podría usted visitarla, Timoféi Semiónych.

—La visitaré, recientemente había pensado en ello, y la ocasión es propicia... ¿Qué le empujó a ir a ver al cocodrilo? A mí también me gustaría verlo.

—Visite a ese pobre, Timoféi Semiónych.

—Lo visitaré. Claro que, al dar este paso, no quisiera darle demasiadas esperanzas. Iré a verlo como parte desinteresada... Bueno, hasta la vista, me voy de nuevo a casa de Nikífor Nikíforych, ¿estará usted?

—No, yo me voy a la residencia de nuestro preso.

—¡Sí, vaya ya a ver al preso! ¡Ah, la imprudencia!

Me despedí del viejo. Diferentes pensamientos asaltaban mi cabeza.

Timoféi Semiónych era un hombre bondadoso y honorabilísimo y, sin embargo, al salir de su casa, me alegré de que ya fuese a celebrar su quincuagésimo aniversario y de que Timoféi Semiónych fuera ahora una excepción entre nosotros. Como puede suponerse, me marché volando y sin demora al Pasaje para informar de todo al pobrecillo Iván Matvéich. Pero la curiosidad me desbordaba: ¿cómo habría podido instalarse allí en el cocodrilo y cómo podía sobrevivir en el interior de un cocodrilo? ¿Realmente era posible vivir dentro de un cocodrilo? De tanto en tanto, la verdad, me daba la impresión de que, ya que todo el asunto giraba en torno a un monstruo, todo aquello no era nada más que un sueño monstruoso...

III

Y sin embargo no era un sueño, sino un hecho verdadero e indudable. ¿Acaso lo estaría contando si no lo fuera? Pero voy a proseguir...

Me dejé caer por el Pasaje ya tarde, a eso de las nueve, y me vi obligado a entrar en el recinto del cocodrilo por la puerta de atrás porque el alemán, en aquella ocasión, había cerrado el local antes de lo habitual. Andaba dando vueltas vestido con una vieja y mugrienta levitilla de andar por casa, pero se le veía todavía tres veces más satisfecho que aquella misma mañana. Era evidente que ya no tenía miedo y que el *Publikum* había acudido en masa. Un poco después salió la *Mutter*, evidentemente para vigilarme. El alemán y su *Mutter* cuchicheaban constantemente. A pesar de que el local estaba cerrado, no dudó en cobrarme los veinticinco kopeks. ¡Qué innecesario rigor!

—Ustet pagará todas las veces. El *Publikum* pagará un rublo y ustet veinticinco kopeks, pues *ustet* es un buen *amico* de su *amico*, y yo respeto a los *amicos*...

—¿Está vivo mi instruido amigo? —grité con fuerza mientras me aproximaba al cocodrilo con la esperanza de que mis palabras llegaran desde la lejanía a los oídos de Iván Matvéich y alabaran su amor propio.

—Sano y salvo —respondió él como si estuviese muy lejos o debajo de una cama pese a que yo me encontraba a su lado—, sano y salvo, pero de esto ya hablaremos después... ¿Cómo van las cosas?

Haciendo adrede como si no hubiera escuchado su pregunta, empecé a interrogarle con interés sobre cómo estaba, qué había en el cocodrilo y, en general, cómo era estar en el interior de un cocodrilo. Aquella situación requería amistad y cortesía. No obstante, él me interrumpió bastante enfadado.

—¿Cómo van las cosas? —gritó, imponiendo como de costumbre su autoridad sobre mí, con una voz estridente y extraordinariamente desagradable en aquella ocasión.

Le conté hasta el último detalle de mi conversación con Timoféi Semiónych. Mientras le iba contando, me esforcé por mostrar que estaba ofendido.

—El viejo está en lo cierto —resolvió Iván Matvéich en tono tan brusco como el que solía siempre emplear en sus conversaciones conmigo—. Me gusta la gente práctica y no soporto a los remolones melosos. Sin embargo, estoy dispuesto a admitir que tu idea de las comisiones de servicio no es del todo absurda. Realmente, puedo informar de muchas cosas relacionadas tanto con la ciencia como con la moral. Pero ahora todo esto toma una forma nueva e inesperada y no es cuestión de centrarse en el asunto del sueldo. Escucha con atención.

¿Estás sentado?

—No, estoy de pie.

—Siéntate en algún sitio, bueno, aunque sea en el suelo, y escucha con atención.

Enrabietado, cogí una silla y, mientras la colocaba, golpeé adrede el suelo con ella.

—Escucha —dijo él en tono imperativo—, el público hoy ha acudido en masa. Al atardecer ya no había ni un hueco y la policía ha tenido que venir para poner orden. A las ocho, es decir, antes de lo acostumbrado, el dueño ha considerado incluso necesario cerrar el local y suspender la exhibición para contar el dinero y prepararse para mañana. Sé que mañana habrá multitud de gente. Es de suponer que pasarán por aquí los hombres más instruidos de la capital, las damas de la alta sociedad, enviados extranjeros, jurista, etc. Y por si fuera poco, también comenzarán a llegar desde las diferentes provincias de nuestro extenso y curioso imperio. En suma: estaré a la vista de todos y, aunque permanezca oculto, seré el centro de atención. Voy a aleccionar a la ociosa muchedumbre.

¡Adoctrinado por la experiencia, me presentaré como ejemplo de grandeza de espíritu y de resignación ante mi destino! Me transformaré, por así decirlo, en la cátedra desde la que me dispondré a aleccionar a la humanidad. Incluso unas simples notas que pueda transmitir sobre la naturaleza del monstruo en el que habito resultarán valiosas. Y por eso no solo no me quejo de lo ocurrido, sino que confío que esto me proporcionará la más brillante de las carreras.

—¿No te resultará aburrido? —observé con malicia.

Lo que más me enfadó fue que había dejado casi por completo de hacer uso de los pronombres personales para comenzar a pavonearse. Además, todo aquello me desconcertó. «¿De qué fanfarroneaba ese cabeza de chorlito?», murmuraba para mí mismo en un susurro. «¡Es momento de llorar, no de fanfarronear!».

—¡No! —respondió él bruscamente a mi observación—. Como estoy lleno de supremos ideales, ahora, durante mi tiempo de ocio, tan solo soy capaz de soñar con la mejora del destino de toda la humanidad. Ahora, del cocodrilo saldrán la verdad y la luz. Sin duda, inventaré una teoría novedosa y propia sobre las nuevas relaciones económicas de la que me sentiré orgulloso, algo que, hasta ahora, no había podido hacer a causa del trabajo y los vulgares entretenimientos de este mundo. Lo refutaré todo y me convertiré en un nuevo Fourier. A propósito, ¿le diste los siete rublos a Timoféi Semiónych?

—De mi propio bolsillo —le contesté, tratando de remarcar que los había pagado de mi dinero.

—Ya haremos cuentas —respondió él con soberbia—. Estoy a la espera de un seguro aumento de sueldo, pues ¿a quién le van a dar un aumento sino a mí? Ahora aportaré un beneficio ilimitado. Pero bueno, vayamos al asunto. ¿Y mi mujer?

—Probablemente preguntas por Yelena Ivánovna, ¿no es así?

—¡Mi mujer! —gritó de modo estridente en esta ocasión.

¡No había nada que hacer! Con resignación, pero haciendo rechinar mis dientes una vez más, le conté cómo había dejado a Yelena Ivánovna. Él ni siquiera me prestó atención.

—Tengo planes especiales para ella —refirió con impaciencia—. Cuando yo sea una eminencia aquí, es mi deseo que ella sea famosa allí. Los científicos, los poetas, los filósofos, los geólogos que estén de paso y los hombres de Estado visitarán por las tardes su salón después de conversar con la mañana conmigo. A partir de la próxima semana, deben celebrarse veladas cada tarde en su casa. El sueldo redoblado nos proporcionará los medios suficientes para la recepción y, puesto que la recepción debe limitarse a un té y unos cuantos lacayos contratados, este asunto queda resuelto. Tanto aquí como allí hablarán de mí. Hace tiempo que ansiaba el momento en que todos hablasen de mí y, sin embargo, encadenado por una pequeña insignificancia y un cargo mediocre, no tenía posibilidad de conseguirlo. Ahora en cambio, ¡voy y lo consigo todo gracias a que me trague un cocodrilo! Cada palabra mía será escuchada, cada frase estudiada, reproducida y publicada. ¡Y también yo me daré a conocer! Comprenderán, por fin, qué mente dejaron escapar en las entrañas del monstruo. «Ese hombre podía haber sido ministro en el extranjero y dirigir un reino», dirán unos.

«Pero cómo ese hombre no dirigía un reino extranjero», dirán otros. Pues, ¿en qué, en qué soy yo peor que un Garnier-Pagès o cualquiera de esos de allí? Mi mujer será mi complemento: yo tengo la inteligencia; ella, belleza y cortesía. «Es preciosa, por eso es su mujer», dirán unos. «Es preciosa porque es su mujer», corregirán otros. En cualquier caso, que Yelena Ivánovna compre mañana el diccionario enciclopédico que publicó Andréi Krayevsky para que aprenda a hablar de cualquier materia. Que lea más a menudo la sección política de *Las Noticias* de San Petersburgo para compararla con *El Cabello*. Supongo que el dueño estará conforme en llevarme de vez en cuando, junto con el cocodrilo, al deslumbrante salón de mi mujer. Me pondré en pie en el cajón en medio de la magnífica sala y soltaré las agudezas que habré ido seleccionando por la mañana. Informaré de mis proyectos al hombre de Estado; conversaré en verso con el poeta;

con las damas me mostraré divertido y amable, pues para sus maridos resultaré completamente inofensivo. A todos los demás les serviré de ejemplo de resignación ante mi destino y de voluntad ante la providencia. Convertiré a mi esposa en la más brillante literata. La empujaré y ayudaré a que su público la entienda. Como esposa mía, ella debe estar colmada de grandes honras.

Confieso que, aunque todos aquellos disparates me recordaban en parte al Iván Matvéich de siempre, pensé que tal vez tuviese fiebre y estuviese delirando. Parecía el mismo Iván Matvéich pero visto a través de una lupa que lo aumentaba veinte veces.

—Amigo mío —le pregunté—, ¿crees que vivirás muchos años? Dime, ¿te encuentras bien? ¿Cómo comes, cómo duermes, cómo respiras? Soy tu amigo y habrás de admitir que el caso es extraordinario y que mi curiosidad está justificada.

—Tu curiosidad resulta insustancial, eso es todo —respondió a modo de sentencia—, pero te responderé. ¿Quieres saber cómo me he instalado en las entrañas del monstruo? En primer lugar, el cocodrilo, para mi sorpresa, se encontraba completamente vacío. Su interior es como un enorme saco vacío hecho de goma al estilo de esos artículos elásticos que tanto se venden ahora en las calles Gorójovaya, Morskaya y, si no me equivoco, en la avenida Voznesenski. De otro modo, date cuenta, ¿podría haberme establecido en su interior?

—¿Será posible? —grité asombrado—. ¿De veras el cocodrilo está completamente vacío?

—Completamente —confirmó contundentemente Iván Matvéich—. Y con toda probabilidad está así hecho de acuerdo a las leyes de la naturaleza. El cocodrilo se compone únicamente de unas fauces pertrechadas de unos afilados dientes y, además de sus fauces, de una cola significativamente larga. Eso es todo, de verdad. En medio de esas dos extremidades suyas se encuentra un espacio vacío rodeado por algo parecido al caucho que lo más probable es que sea realmente caucho.

—¿Y los pulmones, y el estómago, y los intestinos, y el hígado, y el corazón? —le interrumpí con cierta malicia.

—Nada, no hay absolutamente nada de eso y, probablemente, nunca lo hubo. Todo eso es una fantasía de viajeros superficiales. Del mismo modo en que se hincha una almohadilla, relleno yo ahora este cocodrilo con mi presencia. Es increíblemente elástico. Hasta tú, como amigo de la casa, podrías instalarte a mi lado si fuera suficientemente generoso, pues incluso contigo aquí, todavía quedaría sitio. Hasta he pensado en empadronar aquí a

Yelena Ivánovna. Además, el que el cocodrilo esté vacío concuerda a la perfección con las ciencias naturales. Si tuviéramos que crear un nuevo cocodrilo, se plantearía la siguiente cuestión: ¿cuál es la característica principal de un cocodrilo? La respuesta es clara: tragarse a la gente. ¿Y cómo debería ser el cocodrilo para poder tragarse a la gente? La respuesta es aún más evidente: debe estar vacío. Hace mucho tiempo que fue demostrado por la física que la naturaleza no soporta el vacío. Según esto, también el interior del cocodrilo debe estar precisamente vacío para no sufrir la vacuidad y, en consecuencia, poder engullir sin descanso y llenarlo con todo cuanto encuentre a mano. Y he ahí la única explicación razonable de por qué todos los cocodrilos engullen a nuestros hermanos. No sucede así en la constitución de los seres humanos: cuanto más vacía, por ejemplo, está la cabeza humana, menos deseos experimenta de ser colmada, lo cual es la única excepción a esta regla general. Todo esto me resulta ahora tan claro como el día, he llegado a esta conclusión gracias a mi inteligencia y mi experiencia, mientras me hallaba en, por así decirlo, las entrañas de la naturaleza, en su retorta, prestando atención al latido de su corazón. Incluso la etimología coincide conmigo, pues la misma denominación de «cocodrilo» hace referencia a la voracidad. Cocodrilo, «crocodillo», es sin duda una palabra italiana, que proviene quizá de los antiguos faraones egipcios y que, evidentemente, procede de la raíz francesa «croquer» que significa «comer, tragar» y, en general, usar como comida. Tengo intención de exponer todo esto en una primera conferencia al público que se reúna en el salón de Yelena Ivánovna, cuando me lleven allí en el cajón.

—¡Amigo mío, acaso no deberías tomarte de inmediato un purgante! —grité sin querer—. ¡Tiene fiebre, fiebre, está ardiendo! —repetí para mí mismo horrorizado.

—¡Tonterías! —replicó él en tono despreciativo—. Y además, en mi actual situación resulta absolutamente inconveniente. Por otra parte, en cierto modo sabía que te pondrías a hablar del purgante.

—Amigo mío, pero, ¿cómo..., cómo te vas a tomar la comida? ¿Has comido hoy o no?

—No, pero estoy lleno y lo más probable es que ya nunca vuelva a probar bocado, lo cual es también fácilmente comprensible: al llenar conmigo mismo toda la cavidad interior del cocodrilo, le mantendré saciado para siempre. Ahora sería posible no alimentarlo durante varios años. Por otro lado, saciado por mi presencia, él, como es natural, me transmitirá todos los líquidos vitales de su propio cuerpo. Es como esas coquetas y refinadas mujeres que por la noche se cubren el cuerpo con filetes

rusos crudos y, luego, después de su baño ma-
tutino, aparecen lozanas, tersas, primorosas y
seductoras. De este modo, al alimentar con mi
propio cuerpo al cocodrilo, a cambio recibo mi
alimento de él. Por consiguiente, nos damos de
comer mutuamente el uno al otro. Pero como
incluso para un cocodrilo resulta complicado
digerir a un hombre como yo, sin duda debe de
notar durante el proceso cierta pesadez en un
estómago, del que, por otra parte, carece, y he
ahí la razón por la que, para no provocarle un
dolor excesivo al monstruo, rara vez me muevo
de un lado al otro.

Y podría moverme, pero no lo hago por
humanidad. Esta es la única carencia de mi actual situación y, en sentido figurado, Timoféi
Semiónych tiene razón al llamarme gandul.
Pero yo demostraré que incluso echado sobre
un costado es posible cambiar el destino de la
humanidad. Todas las grandes ideas y tenden-
cias de nuestros periódicos y revistas son sin
duda fruto de gandules. He ahí por qué llaman
«ideas de despacho» a sus ideas, ¡pero menos-
precian lo que llaman así! ¡Ahora concebiré
todo un sistema social y tú no creerás lo fácil
que me resultará! Basta tan solo con aislarse en
una retirada esquina cualquiera o acabar en el
interior de un cocodrilo, cerrar los ojos y, de inmediato, comenzarás a inventar un auténtico
paraíso para toda la humanidad. Recientemente,

cuando os marchasteis, me puse inmediatamente a imaginar y ya he inventado tres sistemas, ahora estoy fabricando el cuarto. La verdad es que al principio es necesario refutarlo todo. Sin embargo, es fácil refutarlo todo desde el interior del cocodrilo. Es como si desde dentro del cocodrilo todo resultase más claro... Por lo demás, en mi situación hay algunos inconvenientes: dentro del cocodrilo hay un poco de humedad y da la impresión de que todo estuviese cubierto por una sustancia viscosa y, además de esto, huele todavía más a goma, justo igual que mis botas del año pasado. Eso es todo, no hay ningún otro inconveniente.

—Iván Matvéich —le interrumpí—, todo eso son prodigios que a duras penas puedo creer. ¿De verdad tienes la intención de no volver a comer en toda tu vida?

—¡Vaya tontería que te preocupa, cabeza de chorlito! Yo te hablo de grandes ideas y tú... Que sepas que estoy a reventar de todas las grandes ideas que han iluminado la noche que me rodea. Además, el bondadoso dueño del monstruo y su piadosa *Mutter* se han puesto de acuerdo y acaban de decidir entre los dos que, cada mañana, introducirán en las fauces del cocodrilo un tubo metálico curvo, algo así como una flauta, a través de la cual podría sorber café o un caldo con pan blanco mojado en él. La flauta ya la han encargado en algún lugar próximo, pero me parece que se trata de un lujo excesivo. Espero vivir por lo menos mil años, si es que es cierto que los cocodrilos viven hasta tal edad, así que, por cierto, consúltalo mañana en cualquier *Historia Natural* e infórmame, pues podría haberme equivocado al confundir al cocodrilo con cualquier otro animal. Tan solo una consideración me turba un poco: como voy vestido con paño y llevo puestas mis botas en los pies, el cocodrilo, evidentemente, no va a poder digerirme. Además, estoy vivo y, por eso, me resisto a la digestión con todas mis fuerzas, pues, como es normal, no siento deseo alguno de transformarme en eso en lo que se convierte todo alimento, ya que resultaría demasiado humillante para mi persona. No obstante, temo una cosa: a lo largo de un milenio, el paño de mi levita, por desgracia fabricada en Rusia, puede reducirse a polvo y, entonces, al quedarme sin ropa, a pesar de toda mi indignación, tal vez comience a ser digerido. Y aunque durante el día no lo consienta, sin embargo, por la noche, durante el sueño, cuando la voluntad abandona a la persona, puedo seguir el humillante destino de una patata cualquiera, de unos crepes o de la carne de ternera. Tal idea me altera. Aunque solo fuese por esa causa, habría que cambiar los impuestos e incentivar la importación de tela inglesa, que es más resistente y, consecuentemente, durará en el caso de que acabes en el interior de un cocodrilo. A la primera oportunidad, comunicaré mi reflexión a cualquier individuo del gobierno así como a los analistas políticos de nuestros periódicos de San Petersburgo. Que lo pregonen. Espero que no sea esto lo único que tomen prestado de mí. Preveo que, cada mañana, una muchedumbre entera armada con los veinticinco kopeks de sus redacciones se agolpará a mi alrededor para captar mis pensamientos a propósito de los telegramas del día anterior. En pocas palabras: se abre ante mí un futuro de color de rosa.

«¡Delira, delira!» susurraba yo entre dientes.

—Amigo mío, ¿y la libertad? —dije, deseando conocer su opinión—. Es que, cómo te diría, estás en una mazmorra, y el ser humano debería gozar siempre de su libertad.

—Eres un estúpido —replicó él—. Los salvajes ansían independencia, las personas cultivadas ansían el orden, pero cuando no hay orden...

—¡Iván Matvéich, ten piedad!

—¡Cállate y escucha! —gritó él con enfado porque le había interrumpido—. Nunca me había sentido mejor que ahora. En mi estrecho refugio solo temo una cosa: la crítica de las gruesas revistas literarias y el silbido de nuestros periódicos satíricos. Temo que los visitantes superficiales, los tontos y los envidiosos y,

en general, los nihilistas, me pongan en ridículo. No obstante, tomaré medidas. Aguardo
con impaciencia los juicios del público de mañana y, sobre todo, la opinión de los periódicos.
Mañana, tenme al corriente de los periódicos.

—Bien, mañana te traeré un montón de
periódicos.

—Mañana será todavía temprano para esperar los juicios periodísticos, pues las noticias
no se publican hasta el cuarto día. Pese a todo,
a partir de hoy tendrás que entrar todas las tardes a través del patio, por la entrada de servicio.
Tengo intención de emplearte como mi secretario. Me leerás los periódicos y las revistas y
yo te dictaré mis reflexiones y te haré mis en-
cargos. Sobre todo no te olvides de los telegramas. Que estén aquí cada día todos los
telegramas que lleguen de Europa. Bueno, es
suficiente. Probablemente, ya querrás dormir.
Vete a casa y no pienses en lo que te he dicho
sobre la crítica: no la temo, pues ella misma se
encuentra en una situación crítica. Lo único
que tiene valía es ser sabio y virtuoso y así, sin
falta, ascenderás a un pedestal. Si no llego a ser
un Sócrates, seré un Diógenes, y si no el uno y
el otro al mismo tiempo; he ahí mi futuro papel
en la humanidad.

De modo tan imprudente e impertinente
(de verdad que deliraba) se manifestaba con impaciencia Iván Matvéich en mi presencia, como

esas mujeres de carácter débil de las que se dice que no son capaces de guardar un secreto. Además, todo cuanto me había referido acerca del cocodrilo me parecía muy sospechoso. Bueno, ¿cómo era posible que el cocodrilo estuviese completamente vacío? Apuesto a que estaba fanfarroneando en parte por vanidad y en parte para humillarme. La verdad es que estaba enfermo, y a los enfermos no hay que contrariarlos. Aun así, confieso abiertamente que nunca he podido soportar a Iván Matvéich. Toda mi vida, ya desde mi infancia, he querido librarme de su tutela sin conseguirlo. Mil veces he querido apartarme completamente de él y, sin embargo, todas y cada una de esas veces alguna circunstancia me ha empujado de nuevo hacia él, como si aún esperase demostrarle alguna cosa o vengarme por algo.

¡Es una cosa extraña esta amistad! Estoy realmente convencido de que, en su mayor parte, mi amistad por él se fundamentaba en la exasperación. Y sin embargo, en aquella ocasión nos despedimos afectuosamente.

—Su *amico* es una *perrsona* mucho *inteligenta* —me dijo a media voz el alemán mientras se disponía a acompañarme. Había permanecido todo el tiempo escuchando nuestra charla con atención .

—A propósito —aproveché yo para no olvidarme—, ¿cuánto pediría usted por su cocodrilo en el caso de que alguien tuviese la intención de comprárselo?

Iván Matvéich, que había escuchado la pregunta, aguardaba con curiosidad la respuesta. Era evidente que él no quería que el alemán pidiese poco. Al menos, graznó de un modo especialmente peculiar al escuchar mi pregunta.

Al principio, el alemán no quería ni oír hablar de ello, incluso se enfadó.

—¡Nadie se aventurará a *comprarr* mi propio *cocodrrilo*! —se puso a vociferar con furia mientras enrojecía como un cangrejo cocido—. No *quierro venderr* el *cocodrrilo*. No *aceptarría* por el *cocodrrilo* ni un millón de táleros. Hoy le he *sacato* al *Publikum* ciento treinta táleros, mañana conseguiré diez mil táleros y, en adelante, conseguiré cien mil táleros al día. ¡No *quierro venderrlo*!

Iván Matvéich incluso empezó a reír de satisfacción.

Con dolor de corazón, serena y juiciosamente, pues estaba cumpliendo el encargo de un verdadero amigo, le indiqué al estrafalario alemán que sus cálculos no eran totalmente exactos, que si cada día obtenía cien mil, al cuarto día ya le habría visitado todo San Petersburgo y que, a partir de ese momento, ya no tendría nadie a quien cobrar. Le dije que la vida y la muerte son voluntad de Dios, que el cocodrilo podía reventar en cualquier momento e Iván Matvéich caer enfermo y morir, etcétera, etcétera.

El alemán se quedó pensativo.

—Le *darré* unas gotas de la farmacia —dijo él después de reflexionar un buen rato— y su *amico* no *morrirá*.

—Las gotas gotas son —le dije—, pero tenga en cuenta que es posible que se abra un proceso judicial. La esposa de Iván Matvéich puede reclamar a su esposo legal. Usted tiene intención de enriquecerse, ¿pero está dispuesto a pasarle alguna pensión a Yelena Ivánovna?

—¡No, no dispuesto! —respondió el alemán firme y decididamente.

—¡No, no dispuesto! —le secundó su *Mutter*, enojada.

—Y siendo así, ¿no sería mejor que aceptara ahora de golpe cierta cantidad, aunque fuese modesta, pero justa y segura, que depositar su confianza en algo incierto? Debo añadir que le planteo esta cuestión tan solo por mera curiosidad, no por otra cosa.

El alemán cogió a su *Mutter* y se apartó a deliberar con ella al rincón donde estaba el armario con el mono más grande y horrible de la selección.

—¡Ahora verás! —me dijo Iván Matvéich. En lo que a mí se refiere, en aquel instante deseaba zurrar, en primer lugar, al alemán, en segundo lugar, zurrar todavía más a su *Mutter* y, en tercer lugar, a todos los demás y, con más furia, a Iván Matvéich por su ilimitado amor propio. No obstante, aquello no era nada en comparación con la respuesta del avaro alemán.

Tras recibir el consejo de su *Mutter*, exigió por su cocodrilo cincuenta mil rublos en billetes, una casa de piedra en la Gorójovaya y, a su lado, una farmacia en propiedad y, además, el grado de coronel ruso.

—¿Lo ves? —gritó triunfal Iván Matvéich—. ¡Te lo dije! A excepción del último e irracional deseo del grado de coronel, tiene razón, pues es absolutamente consciente del valor actual del monstruo que exhibe. ¡El principio económico ante todo!

—¡Qué me está diciendo! —comencé a gritarle con furia al alemán—. ¿Por qué habría de convertirse usted en coronel?

¿Qué hazaña ha realizado usted, qué servicio ha cumplido, qué gloria militar ha alcanzado? Bueno, ¿no está siendo usted un poco irracional después de todo?

—¡Irracional! —gritó ofendido el alemán—. ¡No, yo soy una *perrsona* mucho *inteligenta* y *ustet* mucho *tionto*! Yo *serrvir* de coronel porque exhibirr un *cocodrrilo* en cuyo interior hay un *Hofrat*[1] vivo, mientras que ningún ruso ha sido capaz de exhibirr un *cocodrrilo*

---

[1] *N. del T.* Consejero de la corte (en alemán en el original).

con *Hofrat* en su interior! Yo soy una persona *extrremadamente inteligenta* y quiero mucho *serr* coronel!

—¡Entonces, adiós, Iván Matvéich! —grité yo temblando de rabia mientras salía casi a la carrera del local del cocodrilo. Me daba cuenta de que, si hubiera estado allí un minuto más, ya no hubiese podido responder de mis actos. Las antinaturales esperanzas de aquellos dos estúpidos eran insoportables. El aire fresco de la calle atenuó un poco mi indignación.

Al final, después de haber escupido enérgicamente hasta unas quince veces a ambos lados, cogí un coche, llegué a casa, me desvestí y me eché en la cama. Lo que más me molestaba era que había acabado convirtiéndome en su secretario. ¡Ahora me veía morir allí de aburrimiento cada tarde, cumpliendo los deseos de un verdadero amigo! Tenía ganas de abofetearme a mí mismo y, a decir verdad, una vez hube apagado la vela y me hube cubierto con la manta, me golpeé con mi propio puño en la cabeza y en otras partes del cuerpo. Aquello me apaciguó un poco y, al final, me dormí bastante profundamente, pues estaba muy cansado. Estuve soñando toda la noche con unos monos y, al llegar el alba, con Yelena Ivánovna...

IV

Los monos, como puede suponerse, visitaron mis sueños porque estaban recluidos en el armario del local del cocodrilo, pero la aparición de Yelena Ivánovna conformaba un apartado especial.

Diré por adelantado que quería a esa dama. Sin embargo, me apresuro a aclarar que la quería como un padre, ni más, ni menos. Llego a tal conclusión porque muchas veces sentí un deseo incontenible de besarla en su cabecita o en su sonrosada mejillita. Y aunque nunca había llegado a cumplirlo, confieso que no me hubiera negado a besarla incluso en sus labiecitos. Y no solo en sus labios, sino también en esos dientecitos que siempre asomaban tan admirablemente, como una fila de hermosas y selectas perlitas, cada vez que reía. Y reía con admirable frecuencia. Iván Matvéich la llamaba, en sus momentos cariñosos, su «querida calamidad», un nombre, en su más alto grado, acertado y característico. Se trataba de una dama-florero y nada más. Por eso, no comprendo en absoluto por qué entonces se le había ocurrido al mismísimo Iván Matvéich imaginarse a su esposa como la Eugenia Tur rusa. En todo caso, mi sueño, sin tener en cuenta a los monos, me dejó una agradabilísima impresión y, mientras recordaba todos los sucesos del día anterior tomando mi taza de té de la mañana, de pronto decidí que, de camino al trabajo, pasaría por casa de Yelena Ivánovna. Estaba obligado a hacerlo como amigo de la casa.

En la minúscula habitación que había junto al dormitorio, el llamado saloncito, pese a que el salón principal también era pequeño, en un pequeño y elegante silloncito junto a una pequeña mesita de té, estaba sentada Yelena Ivánovna con una vaporosa bata saboreando el café de una pequeña tacita en el que mojaba un minúsculo pan tostado. Estaba seductoramente hermosa, aunque también me dio la impresión de estar pensativa.

—¡Ah, es usted, travieso! —me recibió ella con una sonrisa forzada—. Siéntese, juguetón, tómese un café. Bueno, ¿qué hizo usted ayer? ¿Estuvo en el baile de máscaras?

—¿Estuvo usted? Yo no fui... Además, fui a visitar a nuestro preso...

Suspiré y, mientras me tomaba el café, puse gesto piadoso.

—¿A quién? ¿A qué preso? ¡Ah, sí! ¡Pobrecillo! Bueno, ¿cómo está, se aburre? Pero sepa usted... Quería preguntarle... ¿Podría pedir ya el divorcio?

—¡El divorcio! —grité profundamente indignado a punto de derramar el café—.

«¡Es por aquel moreno!», pensé enfadándome para mis adentros.

Había un morenete con bigotillo que trabajaba en el sector de la construcción que entraba y salía de su casa con demasiada frecuencia y que tenía la capacidad de hacer reír a Yelena Ivánovna de un modo extraordinario. Reconozco que yo lo odiaba, pero no había duda de que él se había dado prisa a la hora de verse el día anterior con Yelena Ivánovna bien en el baile de máscaras o, quizás, ¡incluso allí mismo para contarle cualquier tontería!

—Pues es que —arrancó de repente Yelena Ivánovna, como dando la lección—, es que va a estar allí sentado en el interior del cocodrilo y, tal vez, no regrese en toda su vida, ¡y yo aquí a esperarle! Un marido tiene la obligación de vivir en su casa y no en un cocodrilo...

—Pero ha sido un suceso imprevisto — repliqué en un tono visiblemente preocupado.

—¡Ah, no, no hable, no quiero, no quiero! —comenzó ella a chillar de pronto totalmente irritada—. ¡Usted siempre ha estado en mi contra, siempre tan ruin! Con usted es imposible hacer nada, no me da ningún consejo! Si ya andan diciéndome que me concederán el divorcio porque Iván Matvéich ahora ya no va a recibir su sueldo.

—¡Yelena Ivánovna! ¿Es a usted a quien estoy escuchando? —grité patéticamente—. ¿Quién es el malvado que le ha metido todo eso en la cabeza? Pues el divorcio es absolutamente inviable ante una cuestión tan superficial como el sueldo. Y el pobre, el pobre Iván Matvéich, por así decirlo, arde de amor por usted incluso en las entrañas de ese monstruo. Es más, se derrite por su amor como un terrón de azúcar. Ayer mismo por la tarde, mientras usted se divertía en el baile de máscaras, mencionó que, en último término, estaría decidido a empadronarla a usted como su esposa legal en su cubículo, en las entrañas, puesto que el cocodrilo resulta suficientemente espacioso no solo para dos, sino incluso para tres personas...

Y entonces le conté sin demora y en su totalidad aquella interesante fracción de mi conversación del día anterior con Iván Matvéich.

—¡Cómo, cómo! —gritó ella asombrada—. ¿Quiere usted que también yo me meta ahí dentro con Iván Matvéich? ¡Menuda ocurrencia! ¿Y cómo me meteré, así con sombrero y crinolina? ¡Señor, vaya una tontería!, ¿Y qué figura voy a echar cuando me meta allí y alguien me mire...? ¡Esto es ridículo! ¿Y qué voy a comer allí? Y... Y cómo voy a estar allí, cuando... ¡Ah, Dios mío, qué están imaginando! ¿Y qué tipo de distracciones hay allí? Dice usted que huele allí a goma elástica? ¿Y cómo aguantaré allí si nos enfadamos, debo seguir durmiendo a su lado? ¡Buf, qué asco da todo esto!

—Estoy de acuerdo con todos esos argumentos, queridísima Yelena Ivánovna —la

204

interrumpí con la intención de explicarme con esa manifiesta pasión que se apodera de todo hombre que siente que la verdad está de su parte—, pero no ha valorado una cosa en todo este asunto. No ha tenido en cuenta que, si la está reclamando a su lado, es porque no puede vivir sin usted. Eso quiere decir que hay amor ahí, amor apasionado, verdadero, esmerado... ¡No ha valorado el amor, querida Yelena Ivánovna, el amor!

—¡No quiero, no quiero, no quiero escuchar nada! —me eludía ella con su pequeña y hermosa manita en la que brillaban sus rosadas uñas recién aseadas y lustradas con un cepillo.

—¡Es detestable! Me va a hacer llorar. Métase usted si tan agradable le resulta. Ya que es usted su amigo, pues venga, échese usted allí con él en señal de amistad y pásese toda su vida discutiendo sobre esas aburridas ciencias...

—No se burle usted de la propuesta— Contuve con aire solemne a aquella mujer despreocupada. — Iván Matvéich me ha reclamado también a su lado. Claro, a usted la empujaría a ir allí el deber, mientras que a mí tan solo la generosidad. Sin embargo, mientras me hablaba ayer de la extraordinaria dilatación del cocodrilo, Iván Matvéich hizo una más que evidente alusión a que no solo ustedes dos, sino que también yo, en calidad de amigo de la casa, podría instalarme con ustedes, los tres juntos, especialmente si así yo lo deseaba, y por eso...

—¿Cómo los tres? —se puso a gritar Yelena Ivánovna, mirándome con expresión de sorpresa—. ¿Así que entonces nosotros... vamos a estar los tres allí juntos? ¡Ja, ja y ja! ¡Vaya par de idiotas! ¡Ja, ja y ja! Me pasaría todo el tiempo pellizcándole sin parar, inútil, ¡ja, ja y ja!

Y ella, recostándose contra el respaldo del sillón, comenzó a carcajearse hasta que se le saltaron las lágrimas. Todo aquello — tanto las lágrimas como la risa— me resultó hasta tal punto seductor que no pude contenerme y me lancé a besarle apasionadamente las manos, a lo cual ella no se opuso aunque me tiró levemente de las orejas en señal de reconciliación.

A continuación, ambos nos mostramos alegres y yo le conté al detalle todos los planes del día anterior de Iván Matvéich. La idea de las recepciones vespertinas y del salón abierto le gustó mucho.

—Pero entonces precisaría con urgencia muchos vestidos nuevos —observó ella— y, para ello, es necesario que Iván Matvéich reciba su sueldo cuanto antes y tanto como sea posible... El problema es... El problema es cómo —añadió en tono reflexivo— lo traeremos a mi casa estando en ese cajón. Resulta tremendamente ridículo. No quiero que anden transportando a mi marido en un cajón. Sentiría mucha vergüenza delante de los invitados... No quiero, no, no quiero.

—A propósito, antes de que se me olvide, ¿estuvo ayer por la tarde Timoféi Semiónych en su casa?

—Ah, sí. Vino a consolarme y, figúrese, estuvimos todo el rato jugando a las cartas. Cuando perdía él, me daba bombones y, cuando perdía yo, me besaba las manitas. Menudo inconsciente, por poco no se vino conmigo al baile de máscaras. ¡De veras!

—¡La pasión! —advertí yo—. ¡Quién no iba a apasionarse por usted, tan seductora!

—¡Bueno, ya está usted con sus cumplidos! Espere, le pellizcaré para el camino. Acabo de aprender a pellizcar terriblemente bien. Bueno, ¿qué, qué tal? Y por cierto, dígame si Iván Matvéich le habló ayer mucho de mí.

—N-n-o, no es que fuese mucho... He de confesarle que, en este momento, piensa más en el destino de toda la humanidad y quiere...

—¡Bueno, déjelo! ¡No siga! La verdad es que resulta espantosamente aburrido. Ya iré a visitarlo como sea. Seguramente iré mañana. Pero hoy sin duda no. Me duele la cabeza y, además de eso, habrá allí tantísimo público... Dirán: «Es su mujer», me avergonzarán... Adiós. ¿Es posible que esta tarde usted... esté allí?

—Con él, con él. Me ordenó ir y llevarle los periódicos.

—Bueno, eso es estupendo. Vaya con él y léaselos. Pero no pase hoy a verme. No me encuentro bien, y puede que vaya de visita. Bueno, adiós, travieso.

«Eso es que el morenete andará esta tarde por su casa», pensé para mí mismo.

En la oficina, como puede suponerse, no di muestra alguna de las preocupaciones y tribulaciones que me consumían. No obstante, en seguida reparé en que algunos de nuestros periódicos más progresistas pasaban de mano en mano entre mis compañeros con especial interés aquella mañana, que los leían con una expresión extraordinariamente seria en sus rostros. El primero que cayó en mis manos fue *El Impreso*, un periodiquillo sin ideología definida, aunque en general bastante humano, por lo que en nuestra oficina, pese a que lo leían, demostraban más que nada cierto desdén por él. No sin sorpresa leí en sus páginas lo siguiente:

«Ayer en nuestra capital, colosal y engalanada de magníficos edificios, se han difundido unos rumores extraordinarios. Un tal N., un afamado gastrónomo de la alta sociedad, probablemente aburrido de la cocina de Borel y del Club ...ski, entró en el edificio del Pasaje, justo en el local en donde se exhibe un enorme

cocodrilo recién llegado a la capital, y exigió que se lo prepararan para comérselo. Tras alcanzar un acuerdo con el propietario, se dispuso a zampárselo allí mismo (no me refiero al dueño, un alemán muy tranquilo y amigo de la exactitud, sino a su cocodrilo) todavía vivo mientras iba cortando los jugosos pedazos con un pequeño cortaplumas y los saboreaba con extraordinaria rapidez. Poco a poco, todo el cocodrilo fue desapareciendo en sus entrañas, así que se dispuso a zamparse también a la mangosta, fiel compañero de viaje del cocodrilo, sin duda suponiendo que también resultaría igual de sabrosa. Nosotros no estamos en absoluto en contra de este nuevo producto conocido ya desde hace tiempo por los gastrónomos extranjeros. Incluso lo habíamos predicho. Los lores y los viajeros cazan grupos enteros de cocodrilos en Egipto y se comen al monstruo en bistecs con mostaza, cebolla y patatas. Los franceses preferían las patas asadas a la brasa, lo cual, por otra parte, lo hacen para pinchar a los ingleses que se ríen de ellos. Probablemente, entre nosotros se apreciaría tanto de un modo como de otro. Por nuestra parte, nos sentimos satisfechos de esta nueva rama de la industria que no conocía nuestra vigorosa y dispar patria. Después de este primer cocodrilo, desaparecido en las entrañas del gastrónomo peterburgués, antes de que pase un año nos los traerán a centenares. ¿Y por qué no *aclimatar al cocodrilo a nuestra tierra rusa? Si el agua del Nevá resulta demasiado fría para estos interesantes extranjeros, en la capital hay estanques y, en el campo, riachuelos y lagos. ¿Por qué no criar, por ejemplo, cocodrilos en Párgolovo o en Pávlovsk, en el mismísimo Moscú, en los estanques del Presnia o en el Samotiok? Al tiempo que servirían de un alimento agradable y saludable para nuestros delicados gastrónomos, podrían entretener a las damas que pasearan por esos estanques y enseñar a los niños historia natural con su sola presencia. Con la piel del cocodrilo se pueden hacer estuches, maletas, tabaqueras y billeteras y podría ser que en la piel de un cocodrilo cupiesen más de mil de esas mugrientas cartas de crédito del capital comercial ruso que tanto gusta a los mercaderes. Esperamos volver a esta interesante cuestión en más de una ocasión».*

Aunque esperaba algo parecido, lo inmediato de la noticia me sorprendió. Sin encontrar con quién compartir mis impresiones, me volví hacia Prójor Sávvich, que estaba sentado frente a mí, y comprendí que hacía ya tiempo que no me quitaba ojo mientras sostenía entre sus manos *El Cabello* con la aparente intención de entregármelo. Tomó de mis manos en silencio *El Impreso* y, mientras me tendía *El Cabello*, marcó enérgicamente con su uña el artículo sobre el que sin duda deseaba reclamar mi atención. Este Prójor Sávvich era considerado entre nosotros un hombre extrañísimo: un viejo y taciturno solterón que no mantenía relación alguna con ninguno de nosotros, casi no hablaba con nadie en la oficina, siempre tenía su propia opinión sobre todo y, sin embargo, no podía soportar la idea de transmitírsela a nadie. Vivía solo. Prácticamente ninguno de nosotros había estado en su apartamento.

Esto es lo que leí en el lugar indicado de *El Cabello*:

«De todos es sabido que somos progresistas y humanitarios y que deseamos igualarnos a Europa. Pero a pesar de todas nuestras diligencias y a los esfuerzos de nuestro periódico, todavía estamos lejos de "haber madurado", como así lo demuestra el indignante incidente que tuvo lugar ayer en el Pasaje y sobre el que ya de antemano les había advertido. Llega a la capital un propietario extranjero, trayendo consigo un cocodrilo al que comienza a exhibir en público en el Pasaje. De inmediato, nos apresuramos a darle la bienvenida a una nueva rama de la industria productiva ausente de nuestra poderosa patria. Cuando de repente ayer, a las cuatro y media de la tarde, se presenta en el local del propietario extranjero una persona de desacostumbrada corpulencia y en estado de embriaguez, paga su entrada y, acto seguido, sin advertir a nadie, se mete en las fauces del

cocodrilo que, como cabe suponer, se vio obligado a zampárselo aunque fuese por su instinto de supervivencia, para no atragantarse. Tras irrumpir en el interior del cocodrilo, el desconocido duerme a esta hora. Ni los gritos del propietario extranjero, ni los lamentos de su asustada familia, ni las amenazas de llamar a la policía produjeron ningún efecto. En el interior del cocodrilo tan solo se escuchaba una risa y la promesa de corregirse a golpes mientras el pobre reptil, forzado a tragarse semejante volumen, derrama en vano sus lágrimas. El huésped improvisado es peor que un tártaro pero, a pesar del proverbio, el insolente visitante no quiere salir. No sabemos qué explicación dar a tan bárbaros hechos que demuestran nuestra inmadurez y nos comprometen a ojos de los extranjeros. La ligereza de los rusos ha encontrado una digna aplicación. Nos preguntamos qué quería este inoportuno visitante. ¿Un refugio cálido y confortable? No obstante, en la capital hay muchos edificios hermosos con apartamentos baratos y muy confortables, con agua corriente del Nevá y una escalera iluminada por el gas en la que con frecuencia aparece la figura del portero por cortesía de los caseros. Llamamos la atención de nuestros lectores sobre la auténtica barbaridad en el trato con animales domésticos: a un cocodrilo viajero, sin duda, le resulta difícil digerir un objeto semejante de una vez y, ahora, *yace hinchado como una montaña mientras aguarda la muerte entre insoportables sufrimientos. En Europa hace ya mucho tiempo que persiguen legalmente a los que tratan de un modo inhumano a los animales domésticos. No obstante, a pesar del alumbrado europeo, de las aceras europeas, de la construcción europea de las casas, aún nos queda mucho tiempo para dejar de lado nuestros viejos errores. Las casas son nuevas, pero los errores son viejos y, a lo mejor, ni las casas son nuevas o, al menos, sus escaleras. En más de una ocasión hemos mencionado en nuestro periódico que en la zona de San Petersburgo, en la casa del comerciante de Lukiánov, los escalones de madera de acceso a la escalera se han podrido, se han deshecho, y hace mucho tiempo que son un peligro para Afimia Skapidarova, la mujer del soldado que se encuentra a su servicio y que está obligada a subir a menudo la escalera con agua o con un haz de leña. Finalmente, nuestras predicciones se han cumplido: ayer por la noche, a las ocho y media, Afimia Skapidarova, la mujer del soldado, se hundió con un cazo de sopa y se rompió una pierna. No sabemos si ahora Lukiánov reparará la escalera. El hombre ruso se preocupa muy tarde, cuando quizás ya la víctima del ruso ha sido conducida al hospital. Del mismo modo, no nos cansaremos de afirmar que los porteros que limpian la porquería de las aceras*

*de madera en la Vyborgskaya, y no deben man-
char las piernas de los transeúntes sino que de-
berían acumular la suciedad en montoncitos, tal
como hacen en Europa cuando limpian..., etc,
etc».*

—¿Qué es esto? —dije yo contemplando
con cierta perplejidad a Prójor Sávvich—. ¿Qué
es todo esto?

—¿El qué?

—Pero hombre, pues que en lugar de compadecerse de Iván Matvéich se compadezcan
del cocodrilo.

—¿Qué? Se compadecen incluso de la
fiera, un reptil. ¿No es como en Europa? Allí
también se compadecen mucho de los cocodrilos. ¡Ji, ji, ji!

Tras decir aquello, el estrafalario Prójor
Sávvich se sumergió en sus papeles y ya no volvió a pronunciar una palabra más.

Me escondí *El Cabello* y *El Impreso* en el
bolsillo y, además, a modo de entretenimiento
para Iván Matvéich, me hice con unos cuantos
ejemplares viejos de *Las Noticias* y *El Cabello*
que pude encontrar y, aunque la tarde quedaba
aún lejana, por una vez me escapé un poco
antes de la oficina para visitar el Pasaje y echar
un vistazo, aunque fuese desde lejos, a lo que
sucedía allí, y escuchar opiniones y comentarios. Suponía que encontraría allí una auténtica
muchedumbre y, por si acaso, me cubrí un

poco más el rostro con el cuello del capote porque me daba un poco de vergüenza: no estamos acostumbrados a la publicidad. No obstante, me resulta difícil expresar mis prosaicas impresiones, a la vista de un acontecimiento tan admirable y original.

LA PEQUEÑA CODORNIZ

Iván Turguéniev

Tendría yo unos diez años cuando me pasó lo que voy a contaros.

Todo sucedió en verano. Por aquel entonces, yo vivía con mi padre en un *jútor*[1] del sur de Rusia. Alrededor del *jútor*, a unas pocas verstas[2], se extendían los prados de la estepa. En las proximidades no había ni bosques ni ríos. Unos barrancos poco profundos cubiertos de unos matorrales que recordaban a largas serpientes de color verde, interrumpían aquí y allá la llana estepa. El agua de los arroyos rezumaba desde el fondo de aquellos barrancos. En algunos lugares, al pie mismo de la pendiente, se podían distinguir manantiales de un agua tan pura como las lágrimas. Hacia ellos conducían los trillados senderos y, junto al agua, sobre el húmedo fango, se entrecruzaban huellas de pájaros y de fieras de pequeño tamaño. Para ellos, el agua pura es tan necesaria como para las personas.

Mi padre era un cazador apasionado y, en cuanto se veía libre de las ocupaciones de la hacienda —y el tiempo era bueno—, cogía la

---

[1] *N. del T.* Especie de caserío.

[2] *N. del T.* Antigua medida rusa de longitud equivalente a 1,06 kilómetros.

escopeta, se ponía el morral, llamaba a su viejo Trésor y se iba a disparar a las perdices y las codornices. No sentía interés por las liebres, que dejaba para los cazadores con jauría, a los que llamaba galgueros. No teníamos otras piezas de caza menor, a no ser en otoño, cuando llegaban las becadas. Sin embargo, había muchas codornices y perdices, sobre todo perdices. Por los linderos de los barrancos se veían a cada paso unos hoyitos excavados sobre el polvo seco, lugares donde ellas se acurrucaban. El viejo Trésor hacía de inmediato la muestra, durante la cual su cola temblaba y la piel de su frente se movía formando pliegues. El rostro de mi padre empalidecía mientras levantaba cautelosamente el percutor. A menudo, me llevaba con él... ¡lo cual para mí era un gran placer! Me metía los pantalones por dentro de la caña de las botas de montar, me cruzaba la cantimplora sobre el pecho, ¡y me imaginaba que era todo un cazador! Sudaba la gota gorda, pues las piedrecitas pequeñitas se me metían por dentro de las botas. Aun así, yo no sentía el cansancio pese a que tenía que correr para que mi padre no me dejara atrás. Cuando se oía el disparo y el pájaro caía, yo siempre empezaba a pegar unos saltitos sin moverme del sitio, llegando a veces incluso a dejar escapar algún que otro gritito: ¡así de alegre me sentía! El pájaro herido se contraía y batía las alas bien sobre la hierba, bien entre los dientes de Trésor: su sangre manaba y, pese a ello, yo era feliz y no experimentaba sentimiento alguno de piedad.

¡Qué no hubiera dado por disparar yo mismo la escopeta y ser yo quien matara a las perdices y las codornices! No obstante, mi padre me explicó que no tendría una escopeta antes de los doce años. Y, entonces, me daría una escopeta de un solo cañón y únicamente me permitiría disparar a las alondras. Había muchas de aquellas alondras en nuestras tierras. Normalmente, un día bonito y soleado, varias decenas de ellas remolineaban bajo el cielo despejado, alzándose cada vez más y más alto y emitiendo unos sonidos parecidos a los de las campanillas.

Yo las veía como a mi futura presa y las apuntaba con una ramita que llevaba al hombro a modo de escopeta. Era muy sencillo alcanzarlas cuando se detenían en el aire a dos o tres *arshins*[1] del suelo. Y, entonces, se estremecían antes de desplomarse sobre la hierba. A veces, en el campo, allá a lo lejos, se podía ver a las avutardas sobre los rastrojos o los hierbajos. ¡Yo tenía la sensación de que después de abatir aquella enorme pieza, ya no habría nada mejor por lo que vivir! Se las mostraba a mi padre, pero él siempre me decía que la avutarda era un pájaro

---

[1] *N. del T.* Antigua medida rusa de longitud equivalente a 71 centímetros.

astuto y no dejaría que un hombre se aproximara. Sin embargo, en una ocasión intentó acercarse sigilosamente a una avutarda solitaria, creyendo que estaba herida y que se había separado de su bandada. Le ordenó a Trésor que avanzara tras él y a mí que no me moviera del sitio bajo ningún concepto. Cargó la escopeta con un perdigón, se dio de nuevo la vuelta hacia Trésor e, incluso le amenazó mientras le hacía llegar las órdenes en un susurro: «¡Atrás, atrás!». Se agazapó y avanzó, pero no directamente, sino dando un rodeo en dirección a la avutarda. Trésor, aunque no estaba agazapado, también obró de un modo excepcional: recogió la cola entre las piernas y se mordió un belfo. Yo ya no aguantaba más y estuve a punto de salir a rastras detrás de mi padre y de Trésor. Sin embargo, la avutarda no nos permitió que nos acercáramos a menos de trescientos metros. En un primer momento, salió corriendo y, a continuación, comenzó a agitar las alas y echó a volar. Mi padre disparó e, inmediatamente, se puso a seguirla con la mirada... Trésor pegó un salto hacia delante sin perderla de vista. También yo miraba... ¡y me dio tanta rabia! ¡Porque, al parecer, debería haber esperado un poco más!

¡El perdigón sin duda le habría alcanzado!

Una vez, mi padre y yo nos fuimos de caza la víspera del mismísimo día de San Pedro. En esa época, las perdices jóvenes suelen ser aún pequeñas y, como mi padre no quería disparar sobre ellas, se internó entre unas menudas matas de roble, cerca de un campo de centeno donde las codornices siempre se dejaban coger. Segar en aquel lugar resultaba incómodo y, por eso, la hierba llevaba allí mucho tiempo intacta. También crecían muchas flores por allí: vicias, tréboles, campanillas, nomeolvides, claveles silvestres... Cuando paseaba por aquel paraje con mi hermana o con la doncella, siempre recogía un ramillete entero de flores. En cambio, cuando iba con mi padre, no me dedicaba a cortar flores: consideraba esa ocupación indigna de un cazador.

De repente, Trésor hizo la muestra. Mi padre gritó: «¡Cuz, cuz!» —y justo de debajo de la trufa de Trésor apareció de un salto una pequeña codorniz que salió volando. No obstante, volaba de un modo muy extraño: dio una vuelta, giró sobre sí misma y cayó al suelo, como si estuviese herida o se hubiese roto un ala. Trésor se arrojó a todo correr sobre ella... Él no actuaba así cuando el pájaro volaba como es debido. Mi padre no quiso ni disparar, pues temía dar a su buen perro. Y, de pronto, lo vi: ¡Trésor apretó el paso y zas! Atrapó a la pequeña codorniz, la trajo y se la entregó a mi padre. Mi padre la cogió y la colocó sobre la palma de su mano, con la barriguita hacia arriba. Yo me acerqué de un brinco.

—¿Qué es —dije yo—, la han disparado?

—No —me respondió mi padre—, no la han disparado. Pero es probable que tenga el nido de sus pequeños por aquí cerca y que se haya hecho la herida intencionadamente para que el perro imaginase que sería sencillo atraparla.

—¿Para qué hace eso? —pregunté.

—Pues para apartar al perro de sus pequeños. Luego, se habría ido volando. Aunque esta vez no ha calculado bien. Ha fingido demasiado tiempo y Trésor la ha apresado.

—Entonces, ¿no la han disparado?— volví a preguntar.

—No... Pero tampoco sobrevivirá... Es probable que Trésor le haya clavado un diente. Me aproximé un poco más a la pequeña codorniz. Yacía inmóvil sobre la palma de la mano de mi padre, con la cabeza colgando y mirando de lado hacia mí con su ojito castaño. ¡Y, de pronto, me dio tanta pena de ella! Me dio la impresión de que estuviera mirándome mientras pensaba: «¿Por qué tengo que morir? ¿Por qué? Solo cumplía con mi deber, trataba de salvar a mis pequeños, llevarme al perro un poco más lejos y, entonces, ¡caí! ¡Pobrecilla de mí! ¡Pobrecilla! ¡Es injusto! ¡Es injusto!»

—¡Papá! —dije yo—, pero a lo mejor no se muere... —hice intención de acariciar la cabecita de la pequeña codorniz. Sin embargo, mi padre me dijo:

—¡No! Mira aquí. Ahora, sus patas se extenderán, toda ella comenzará a temblar y sus ojos se cerrarán.

Así precisamente sucedió. Rompí a llorar tan pronto como se le cerraron los ojos.

—¿Qué te ocurre? —preguntó mi padre, echándose a reír.

—Me da pena de ella —dije yo—. Estaba cumpliendo con su deber y la han matado! ¡Es injusto!

—Quería engañarnos —contestó mi padre—. Pero Trésor se le adelantó astutamente.

«¡Trésor es malo!» —pensé yo... incluso mi padre me pareció cruel en aquellos instantes—. ¿Qué engaño? ¡Lo había hecho todo por amor a sus polluelos, no por engañar! Si se había visto obligada a fingir para salvar a sus hijos, no era necesario que Trésor la apresara!

Mi padre quiso meterse la codorniz en el morral, pero yo le rogué que me la entregara, la acomodé con cuidado entre mis manos e insuflé una bocanada de aire sobre ella... ¿acaso no podría despertar? No obstante, no se movió.

—Es en vano, hijo —dijo mi padre—, no podrás resucitarla. Mira cómo le cuelga la cabeza.

La levanté cuidadosamente por el pico pero, en cuanto retiré mi mano, su cabecita de nuevo se derrumbó.

—¿Te sigue dando pena de ella? —me preguntó mi padre.

—Pero, ¿quién alimentará ahora a los pequeños? —pregunté yo a continuación. Mi padre se me quedó mirando fijamente a los ojos:

—No te preocupes —dijo—, la codorniz macho, el padre, los alimentará. Pero, espera —añadió—, parece que Trésor está volviendo a hacer la muestra... ¿Será el nido? Sí, es el nido.

Y en efecto... Entre la hierba, a dos pasos del hocico de Trésor, aparecieron cuatro polluelos todos juntitos y apretados. Estaban pegaditos los unos a los otros, con los cuellecitos estirados y respirando tan rápido y todos a la vez que... ¡parecía que se estremecieran! Ya les habían salido las plumas. No les quedaba plumón, aunque sus colitas eran aún muy cortas.

—¡Papá! ¡Papá! —dije a grito pelado— ¡Llama a Trésor! ¡Si no, los va a matar a ellos también!

Mi padre le dio una voz a Trésor y, echándolo un poco a un lado, se sentó bajo una mata a desayunar. Pero yo me quedé junto al nido, pues no tenía ganas de comer. Saqué un pañuelo limpio y coloqué encima a la codorniz... «¡Mirad, huerfanitos — dije—, aquí está vuestra madre! ¡Se ha sacrificado por vosotros!» Los polluelos seguían respirando tan rápido como antes, con todo su cuerpo. Después, me acerqué hasta mi padre.

—¿Puedo quedarme a la pequeña codorniz? —le pregunté.

—Menuda ocurrencia. ¿Y qué quieres hacer con ella?

—¡Quiero enterrarla!

—¡¿Enterrarla?!

—Sí, junto a su nidito. Déjame tu cuchillo. Cavaré una tumbita para ella —mi padre estaba asombrado.

—¿Para que los hijitos vayan a visitarla a la tumba? —preguntó él.

—No —respondí—, porque... quiero. ¡A ella le habría gustado descansar aquí, junto a su propio nido!

Mi padre no pronunció ni una palabra. Cogió el cuchillo y me lo dio. Cavé inmediatamente el hoyito, le di un beso en el pecho a la pequeña codorniz, la deposité en el agujero y lo cubrí de tierra. Luego, corté dos ramitas con aquel mismo cuchillo, les quité la corteza, hice una cruz con ellas, la até con el tallo de una hierba y la clavé sobre la tumba.

De inmediato, mi padre y yo proseguimos adelante. Sin embargo, yo volvía atrás la mirada continuamente... La cruz era blanquita y se distinguía a lo lejos.

No obstante, aquella noche tuve un sueño. Era como si estuviese en el cielo. ¿Y qué más? ¡Mi pequeña codorniz estaba apoyada sobre una nubecita tan blanca como aquella cruz! Y lucía sobre su cabeza una pequeña corona de oro. ¡Daba la sensación de que esa hubiese sido su recompensa por haberse sacrificado por sus hijos!

Unos cinco días después, mi padre y yo regresamos a aquel mismo lugar. Encontré la tumba gracias a la cruz que, aunque había adquirido un cierto tono amarillento, no se había caído. En cambio, el nidito estaba vacío y no había ni rastro de los polluelos. Mi padre me aseguró que el viejo, su padre, se los habría llevado. Y, cuando a unos pocos pasos de allí, una vieja codorniz salió volando de debajo de un arbusto, él no hizo intención alguna de disparar... Y yo pensé: «¡No! ¡Papa es bueno!»

Pero he aquí lo sorprendente: ¡desde aquel día, desapareció mi pasión por la caza y dejé de pensar en el día en que mi padre me regalaría una escopeta! Sin embargo, cuando crecí, también yo comencé a disparar, pero nunca me convertí en un verdadero cazador. Y esto es lo que me hizo abandonar definitivamente esta costumbre.

En cierta ocasión, un compañero y yo estábamos cazando urogallos. Encontramos una nidada. Su mamaíta salió de un brinco, nosotros disparamos y le dimos. Pero no la abatimos y continuó su vuelo acompañada de sus jóvenes urogallos. Yo quise ir tras ellos, pero mi compañero me dijo:

—Es mejor quedarse aquí y llamarlos... Volverán todos en seguida.

Mi compañero sabía imitar perfectamente el canto del urogallo. Nos acomodamos. Él comenzó a silbar. Y en efecto: primero respondió uno joven, después otro y, entonces, la escuchamos también a ella: la mamá cloqueaba ya muy cerca con ternura. Levanté la cabeza y vi cómo ella avanzaba hacia nosotros a través de unos tallos de hierba enredados, corriendo, corriendo, ¡y con todo el pecho ensangrentado! ¡Evidentemente, su corazón de madre no podía soportarlo! ¡Y, en aquel instante, me vi a mí mismo como un ser malvado! Me incorporé y comencé a dar golpes con las palmas de mis manos. El urogallo se marchó volando de inmediato y los jóvenes se sosegaron. Mi compañero se enfadó. Me tomó por un loco... «¡Tú —dijo—, has echado a perder toda la cacería!»

Pero desde aquel día, cada vez me resultó más y más duro tanto matar como volver a derramar sangre.

ÍNDICE